全民微阅读系列

少年不知愁滋味

SHAONIAN BUZHI CHOU ZIWEI

仲维柯 著

江西高校出版社
JIANGXI UNIVERSITIES AND COLLEGES PRESS

图书在版编目（CIP）数据

少年不知愁滋味 / 仲维柯著 . — 南昌：江西高校出版社，2017.1（2021.1 重印）

（全民微阅读系列）

ISBN 978-7-5493-5153-4

Ⅰ. ①少… Ⅱ. ①仲… Ⅲ. ①小小说–小说集–中国–当代 Ⅳ. ① I247.82

中国版本图书馆 CIP 数据核字（2017）第 040644 号

出版发行	江西高校出版社
社　　址	江西省南昌市洪都北大道 96 号
总编室电话	（0791）88504319
销售电话	（0791）88592590
网　　址	www.juacp.com
印　　刷	永清县畔盛亚胶印有限公司
经　　销	全国新华书店
开　　本	700mm × 1000mm 1/16
印　　张	14
字　　数	160 千字
版　　次	2017 年 1 月第 1 版 2021 年 1 月第 2 次印刷
书　　号	ISBN 978-7-5493-5153-4
定　　价	45.00 元

赣版权登字 -07-2017-162

目录

第一辑　特别推荐 / 1

第二辑　感恩父母 / 21

第三辑　往事悠悠 / 42

第四辑　童年记忆　/ 66

第五辑　官场春秋　/ 90

第六辑　乡村季风 / 109

第七辑　生活百态 / 127

第八辑　校园广角 / 146

第九辑 啼笑皆非 / 168

第十辑 历史拾遗 / 192

第一辑　特别推荐

千万别低估孩子们对文章的鉴赏能力，千万别漠视中学生“肤浅”的感性判断。很多时候，孩子们对文章的评判与报纸杂志编辑老师的观点竟惊人一致！作文课上学生们反应热烈的教师下水作文，往往能被编辑老师看中，且被多次转载。本书第一辑就选编被历届学生称道的下水文，因而被称为“特别推荐”。

八路爷

什么是铮铮铁骨？什么是侠骨柔情？什么是公而忘私？什么是忠贞不渝？这些都会在《八路爷》那里找到答案。

八路爷是村里第一个领公家钱的人，虽然那时每月只有八块。

夏日炎炎，蝉儿聒噪。八路爷常常捻着一沓钱给我们这群被烈日逼进树荫的光腚猴子讲打鬼子的故事。末了，他总忘不了念叨上两句：共产党、八路军记着俺哩，每月都准时给俺送钱来……

听人说，八路爷十多岁就跟其大伯闯关东，因不堪小鬼子凌辱加入了“抗联”。在一次激烈的战斗中，身负重伤的连长握住八路爷的手，不一会儿便闭上了眼睛。急红了眼的八路爷大吼一声:“咱连长牺牲了，现在我就是连长，都听我的！”领着全连剩下的十几个人，忽进忽退，忽左忽右，声东击西，指南打北，竟从小鬼子的网眼里钻了出来。

打日寇追老蒋，由东北到西南，不识一字的八路爷真可谓福大命大造化大，钻了十多年的枪林弹雨，玩了多半辈子枪，竟没被枪伤过一次。

四十多岁的八路爷回乡了。公社让他留下任职，八路爷不干：不认识半个字皮，这文化人干的活儿咱做不了，还是让我回生产队劳动吧。

八路爷一生未娶。那些想为他提亲的人总听到这样的话：咱都到身入半截土、准备棺材板的年龄了，可不能祸害人家！——再说，一辈子杀了那么多人，谁跟我，老天都会给她罪受。

在我们孩子眼里，八路爷像个小脚老太婆，永远面带着微笑，在同别人的“嘘寒问暖”中慢腾腾地走着。可那一回我们目睹了他的虎威。

小山村中心大街一侧有条排水沟，沟东有棵大梧桐树，高大挺拔，蓊蓊郁郁。八路爷最爱树下纳凉，他说这里有当年冲锋陷阵战壕的感觉。沟西正对着的是寡妇春兰和儿子秋生的家，孤儿寡母在那年月挺艰难的。

这一天，顽皮的秋生把村革委主任家的鸡崽踩死一只，这可惹恼了素有“母夜叉”之称的主任老婆。

“你这个地主羔子（春兰娘家是地主），养了这么个王八犊子……”为了解恨，主任老婆竟在厕所里舀了大便要往春兰身上泼。

在沟东纳凉的八路爷见此情景，猛地跳起，两米多宽的沟一跃而过，三步两步来到主任老婆面前，夺下盛粪的舀子，抓住她的领窝，狠狠地一推，主任老婆便重重地摔在地上，而后发出杀猪般的干号：

“杀人啦，老八路杀人啦……”

“杀了你又怎么样，老子杀的鬼子比你见的人都多，不少你这个不讲理的腌臜泼妇。若再欺负这孤儿寡母，杀了你也说不准，反正我无牵无挂。”

后来听人说，当天晚上，革委主任领了好多“革命小将”去抓八路爷。可到了家门口，主任才发现，自己身后已空无一人，——这死人堆里爬出来的老革命，谁敢抓？——也只好作罢。

1980年春，八路爷猝然长逝。眼见他过去的人说：一袋烟的工夫，就去了，没多少痛苦。也许他的枪法好，战场上一枪一个，没给别人多些痛苦，阎王爷也没为难他。

八路爷生前求队长为他办两件事：

（一）我若活不到1985年，到那年再销我的户口——我1935年入党，有生党龄50年，是我多年愿望。

（二）除去应交党费外，把我所有积蓄，全买肉给村里孩子们吃吧——这些年，青菜萝卜葱，瓜果半年粮，孩子们太苦了，让他们拉回馋吧。

那年，村里杀了八头大猪，全村老老少少拉了回足足的馋。

那肉，可真香！

（原载《小小说选刊》2006年第6期）

豆豆的南瓜

留守在乡村的孩子呀，一个南瓜，他会搂着睡得很香很香，因为南瓜两面刻了画——那个长头发的是妈妈，那个有胡子的是爸爸。

阳光，依然像豆豆的圆脸那样光彩灿烂。

豆豆蹲在地上,双手托着绯红的脸颊,看着眼前蓊郁的南瓜藤蔓,甜甜地笑了。

豆豆是个三岁的小男孩，因为爸爸妈妈外出打工，只好跟爷爷奶奶生活在一起。

爸爸妈妈是春上走的，走的那天，豆豆哭闹了好长时间。

离开爸爸妈妈的豆豆也很乖，只在院子里、大门口自个玩耍。

那天，豆豆好一阵子没了动静，奶奶忙丢下手头的活儿到外面去找。哈，小家伙蹲在地上，正看邻居李婶在自家大门旁种南瓜呢。只见他双手托着脸颊，眼眸里透着万分的神奇，不时地问这问那。

“李奶奶，您种的什么？”

“南瓜，给豆豆种的南瓜。”

“好吃吗？”

“又好吃，又好看。第一个大南瓜一定给俺豆豆。”

豆豆高兴得拍起了手。

“第一个大南瓜给了俺豆豆，这面刻上爸爸的脸，那面刻上妈妈的脸；豆豆想爸爸了就看这面，想妈妈了就看那面……”

豆豆高兴得跳了起来。

从那以后，豆豆特别喜欢李婶，虽然李婶长有一张很不好看的南瓜脸。

自从李婶门前种下了那南瓜，豆豆总往她门口跑。

南瓜发芽了，豆豆知道；南瓜展开第一片叶子，豆豆也知道；南瓜开花了，豆豆知道；南瓜坐果了，豆豆也知道。

豆豆渴了，首先想的是为南瓜浇水；豆豆饿了，首先想的是为南瓜施肥；豆豆不舒服，就央求奶奶到南瓜藤蔓上找虫子……

日子过得真快，那株南瓜的藤蔓苫满了整个院墙，零零星星的黄花点缀其间，吸引了许多孩子驻足观看。

豆豆决不让任何人去碰那株南瓜藤蔓，哪怕是下面的一片枯黄的叶子。

第一个南瓜是豆豆用来刻爸爸妈妈的，豆豆连做梦都这样想。

第一个南瓜在阳光雨露呵护下慢慢胀大。颜色由深绿到浅绿，再到浅白，最后泛出了橘红色。

终于有一天，一个红彤彤扁圆柱形的大南瓜赫然挂在了藤蔓上。而这时，豆豆看南瓜更勤了。

李婶摘了第一批南瓜——当然也包括第一个大南瓜——拿到集市上卖了个好价钱。

那天，豆豆不吃不喝，急得奶奶团团转。

豆豆还是天天去看，因为那藤蔓上的南瓜多得是。

李婶卖了一批又一批南瓜，豆豆伤心了一回又一回。

秋风起，黄叶落，几个黄黄的小南瓜孤零零地挂在落光了叶子的藤蔓上。可豆豆依然在下面痴痴地看着。

李婶出家门，看见了发呆的豆豆，忙顺手从院墙上摘下了几个小南瓜。

“豆豆，拿着画你爸爸妈妈去吧。”李婶似乎想起了自己的承诺。

豆豆只拣了个最大的唱着跳着回家了。

奶奶帮助豆豆在南瓜两面刻了画——那个长头发的是妈妈，那个有胡子的是爸爸。

那天夜里，豆豆搂着刻有爸爸妈妈的南瓜，睡得很香，很香……

（原载《新课程语文导刊》2007 年 6 月）

喋血葬礼

国难当头，柔弱的老秀才临终高呼——“岳武穆！岳武穆！岳武穆——”这一声喊出了中华民族的骨气和尊严。

当长工老万告诉东家老爷凤凰岭发现一具国军士兵尸体时，塾堂里的老秀才仍在宣纸上工笔抄写着岳武穆的《满江红》。

老秀才是东家老爷聘来的塾师。

“也就二十出头，像个读书娃——可能是前天夜里从山那边爬来的。”

“唉，找个地方埋了吧。这年月，谁都靠不住！”

东家慨叹“靠不住”的，是省国民政府主席韩复榘。作为一方行政长官的他，在日寇大兵压境之时，非但没有抵抗，反而领兵由曹县入河南，寻求自保去了。日本人沿津浦路向南，直逼大汶口、兖州、邹县……

山那边？山那边是邹县通往藤县的咽喉之地。

前天夜里，正值风狂雪急，从兖州、邹县退下来的国民党守军在这咽喉之地，打了一场伏击战，双方死伤无数。

老秀才就是在那炮声隆隆的夜里开始抄写《满江红》的。从那时起，他不吃不喝，不言不语，通宵达旦地抄着。

“壮志饥餐胡虏肉，笑谈渴饮匈奴血。”老秀才每每抄完此句，总要站起来看看窗外，似乎在期盼着什么。

老万领着几个人去了，老秀才也轻轻打开了门。

凤凰岭阴面山谷雪地里，确实躺着具面目可怖的年轻国军士兵尸体：血肉模糊的脸、蜷曲着的躯体、残缺不全的衣衫……这些都被严寒定格成了永久的惨烈与刚毅。

就近艰难地挖了个四方土坑，老万几人壮着胆子将那具早已冻僵的尸体放了进去，慌忙铲土去埋。

“慢！”旷野里猛地传来一声吼叫，惊得老万等人冷汗直流。

老秀才不知什么时候出现在大家眼前。只见他身着孝装，臂挽白绫，手捧厚厚一摞沾有浓浓墨迹的宣纸。

放下宣纸白绫，老秀才跳下土坑。

老秀才解开棉袍，将那士兵轻轻揽入怀中，像一名慈爱的父亲用滚烫的肌肤用心地温暖着自己冻坏了的孩子，很久，很久……

直到那士兵脖子能摆正，四肢能伸直，老秀才才将他轻轻放入坑中。

掏出手绢，轻轻擦去他脸上身上的血垢、泥土；扶正头，摆正躯体……这时候，老秀才珠子似的泪水开始簌簌落了下来。

拿来那摞宣纸，一张一张盖在士兵身上，那一张张铿锵有力的《满江红》，俨然一件不朽的金缕玉衣。

老万等人呆呆地看着疯癫癫的老秀才。朔风也似乎大了起来，整个山岭都在呜呜作响。

老秀才将修长白绫朝空中一摆——哗啦啦，白绫在空中舒展开来，飘了几下，随即落下，将土坑严严盖住。

“壮士！老朽送你来了！”

老秀才长跪在白绫之前，痛哭不已。

风声、哭声、偶尔的几声乌鸦尖叫声，在空旷的岭上发出强烈的回响，既而轻飘飘传向远方。

老秀才哭了好一会儿，猛地站起，张口咬断食指，挥手朝白绫写去——

“民国二十六年穷冬，惊闻倭贼肆虐，九州染祲。目壮士之殒国，思英灵之铸丹，悲情不已，衔哀致诚，吊以文曰：”

老秀才断指如同打开的水龙头，鲜血汩汩而出。

“悲夫！戎马倥偬，关山若飞，白山黑水，碧血长城，不知英梓何在！铁骨铮铮，豪气贯宇，冲冠怒发，崔嵬长躯，不知英灵何去！……”

也许写下的文字太多，也许老秀才年老体弱，血脉不甚畅通，那根咬断的食指已成即将燃尽的蜡烛，放射出的光也是淡淡的红色。

老人再次张口，重重向中指咬去——烛光猛地增到最红色。

“汝，炎黄英烈，华夏脊梁，齐鲁幸甚，长眠于斯。吾齐鲁山河，何其幸哉！”

老秀才的身体晃了几下，忙跪下来继续再写。

“岳武驾车饮虏血，戚军长鞭啖倭肉。蚍蜉撼树犹可笑，伶仃鬼火遮星斗……”

老人身体不断抖动，老万等人忙上前搀扶。

“呜呼！汝，为国而去，天地共知；汝，为义而殁，四方喻晓。苍山银月，皑雪皎明，朔风野大，交急隆冬。吾，一耄耋老朽，为君送行耳……”

老秀才一阵眩晕，昏厥过去。

老秀才再度醒来时，已气若游丝，连眼睛都不能张开。

突然，老秀才猛地睁开那双滞合的双眼，仰天长啸——

“岳武穆！岳武穆！岳武穆——”

一注鲜血由口中喷涌而出，老秀才气绝身亡。

（原载《济宁日报》2008 年 10 月）

冬 眠

冬眠是动物的智慧，可在马厂长那里悟出了经营之道：把紧资金支出、缩小生产规模、开拓国内市场、看管好厂房……

这里手套厂星罗棋布，被喻为鲁西南“手套之乡”。马厂长的手套厂则是这众多手套厂中最大的一个。

天渐渐冷了下来，马厂长办公室的暖气片依然冷冰冰的，感觉不到丝毫热气；桌上玻璃缸里那个往昔备受马厂长珍爱的宠物龟，此时也同它的主人一样，缩头缩尾，打不起半点精神。

“厂长，没有订单，咱车间还开工不？300多工人等着你回话呢！”推门进来的车间主任粗着嗓子喊，惊得桌上宠物龟将头缩了又缩。

“通知财务科，结清所有工人的工资，再没订单，就暂时放假吧！”马厂长满脸的无奈。

车间主任踏着重重的步子出去了，那宠物龟这才敢将黄绿相间的花纹头稍稍伸出了些。

唉，往年的这时，暖气早烧起来了——来订货的客户在这屋子里摩肩接踵，人声鼎沸——我那爱龟在玻璃缸里迈着舞步来回穿梭，惊地众人啧啧称奇……

想到这里，马厂长将硕大的玻璃缸搬到自己面前，半个月了，马厂长足足有半月时间没这样近距离地观看他心爱的乌龟了。

这是一只半大的乌龟，背上一块块黑黄色的花纹，宛若足球上的格子；眼睛鼓鼓的，极像两颗圆溜溜的豆粒，忽闪着迷人的绿光。

玻璃缸里的水不多，刚好没过乌龟的脊背，几块不规则的沙砾半浸在水中，好像这水中现出的一个个岛屿。

在抽屉里拿了些饵料，马厂长轻轻投进了玻璃缸。乌龟缓缓走了两步，伸长了脖子向四周看了看，又将脖子缩了回来，保持了原先的安静。

怎么？由于这半月疏于照料，乌龟生病了？

看到乌龟这个样子，马厂长忙拨通了儿子的电话——儿子是乡中学的生物教师。

“爸，不碍事的，乌龟很可能要冬眠了。冬眠也叫‘冬蛰’，指某些动物为了保持体内的能量，避免冻饿的一种对不利环境条件的适应方式，是变温动物避开食物匮乏度过寒冷冬天的一件法宝。乌龟在冬眠期间，不食不动，体内的新陈代谢非常缓慢和微弱；但身体不能过于干燥，最好在它身体上放点潮湿的黄沙，出太阳时放在太阳下晒晒……”

听着听着，马厂长似乎有了些启发和灵感。

面对世界洪水猛兽般的经济危机，我们手套厂该怎么办？多好的一个厂子呀，新修建的厂房，新引进的机器，而今说没订单就没订单。作为厂长的我，要负起这个责任来！看来，我们厂也该冬眠了：把紧资金支出、缩小生产规模、开拓国内市场、看管好厂房……

想着想着，马厂长又瞥了一眼缸里的乌龟，忽而爽朗地大声笑起来——

“你龟儿子面对困难，还挺能整招！”

当天下午，手套厂召开全体职工大会。主席台上，马厂长慢悠悠地讲着手套厂在困难时期的“冬眠经”，并宣读了“面对经济危机，手套厂下一时期的发展策略”。

工人们开玩笑说，在主席台上的马厂长，缩头缩尾的，活像个进入冬眠的大乌龟。

（原载《小小说大世界》2009 年第 4 期）

麻三爷和他的鹰

山鹰有勇气重获新生，它理当属于山林；年过花甲的麻三爷要陪山鹰度过最后余生。这不禁让我们想起了“老骥伏枥，志在千里；烈士暮年，壮心不已。”

山连着山，岭靠着岭，山岭之上满眼里苍松翠柏，直指天际。这是鲁西南最大的一片天然林，管理它的则是双城岭林场。

林场驻地设在双城岭的山脚下，一大圈残缺不齐的院墙，十多间老式石头房子，七八个其貌不扬的员工——可别小瞧他们，他们可都是直属于市林业局的国家正式职工。

麻三爷就是林场的护林员。他在这深山老林里一待就是 40 年，由原本肌肤浑圆的后生，变成了筋骨暴露的老人，把一生中最好的时光交给了这片茫茫山林，而今仍孤身一人。

三爷就要离开这片山林，到市“老年公寓”安享晚年了——听说，这待遇是市林业局局长特批的。

即将离开林场的三爷还有件最不能落忍的事情，那就是不知如何安置那只跟了他三十多年的老山鹰。

那是一只本地的老山鹰，黑底白眉斑的头，下体白色，杂有数目不多的灰黑色小横斑，体长半米有余。说起三爷与这老山鹰，那还真有不少故事呢。

那还是三爷来林场的第二年。当年轻的三爷巡林到老虎崖时，捡到一只折断了翅膀的雏鹰，心慈的三爷就把它抱回林场饲养了起来。

用药水擦拭伤口，喂水喂肉，清洗羽毛……三爷慈母般呵护着雏鹰；用棍棒敲打羽翅、脚爪、钩喙来锻炼筋骨，一次次从高处抛下来练习飞翔……三爷严父般训练着雏鹰。终于，雏鹰成了能翱翔于蓝天的老山鹰，可它总不肯离开三爷半步。

三爷巡山，山鹰便在三爷上空盘旋；三爷休息，山鹰便落在三爷脚边嬉戏；三爷走到哪儿，山鹰便飞到哪儿。

那年，木材价格飙升，市场上松柏木的价格更是高得惊人，就有不少人动了盗伐林场松柏木的歪主意。那天，当三爷巡视到跑马岭时，只见五六个光头后生正挥动着刀斧肆无忌惮地砍伐着林木。三爷大声制止，他们非但不听，还挥动着工具缓缓靠了过来。“喔欧——”一声尖利长鸣，几个后生的头皮被重重挠了一把，随即血流满面，惨不忍睹。后生们捂着伤口，惊恐地望着空中乌云般的山鹰，撒开两腿朝岭下逃去。

还有个冬天，那年的雪下得特别大，双城岭成了名副其实的“林海雪原”。这天，三爷照例在山鹰的陪伴下踏着积雪巡山。当巡山到老龙峡时，三爷脚下一滑，整个人一片树叶般跌落到数十米的峡谷内。山鹰展开双翅，盘旋在老龙湾上空，“喔欧——喔欧——”叫个不停，急促而凄厉的叫声就是在十多里外都能听到。听到山鹰鸣叫的人都说，那天的叫声让人揪心，悚人毛骨！救三爷回来，人们发现山鹰脖子不停颤抖，从嗉子里流出好些血块！

商议老山鹰归宿的问题，两个月前就开始酝酿了：跟三爷回城里“老年公寓”，恐怕人家不会接受；留在林场，除了三爷，它不跟任何人接近；送给爱心人士饲养，这一天三顿肉，谁喂得起？老山鹰可顾不了这些，只管“嘭嘭嘭”地敲击着它那粗大的钩喙和爪子。

这已不再是二十年前的钩喙和爪子了。一厚层灰白色、硬如石头的物质像枷锁一样，套在山鹰的钩喙和爪子外面，使之不再灵活，不再尖利。那次三爷让山鹰追捕前面不远处一只半大野兔，几番搏斗后，野兔竟从老鹰爪下逃脱了……

几番周折，市动物园总算答应收留这只年过古稀的老山鹰了，离开的时间与三爷离开林场同日。

明天就要离开了，林场特地为三爷摆了欢送宴。喝酒、吃肉、唱山调子，三爷没有半点情致，整个心像被掏空了似的。

耳膜里挥之不去的是老山鹰“嘭嘭嘭”的撞击声，如千万钢针刺穿三爷心肺。三爷提了些水拿了些肉打开了山鹰住的小棚。

甩动粗壮的脖子，重重击打钩喙；抬起硕大的脚趾，狠命地摔打鹰爪。三爷蹲下身，紧紧抱住山鹰脖子，悲戚戚流了好一阵子泪，宛若亲人间的生死离别。

嘭嘭——嘭嘭——

三爷数着山鹰的“嘭嘭”声直到天明。

太阳刚刚露出整个圆脸，市老年公寓、动物园的车也就到了林场。

当动物园的工作人员打开山鹰住的棚子时，眼前的一幕惊呆了在场所有人：山鹰的爪子、钩喙全都白森森的，微微滴着血，那层厚厚的灰白色的硬东西，像一套精致的模具静静地摆在人们面前。

“不可思议，太不可思议了！老鹰复生的传说还真有。”动物园来的一位年长的工作人员嗫嚅道。

“当一只鹰活到40岁时，它的喙会变得弯曲、脆弱，不能一击而制服猎物；它的爪子会因为常年捕食而变钝，不能抓起奔跑的兔子。传说真正的雄鹰，会忍着饥饿和疼痛日复一日敲打喙，直到脱落；同时，会将磨钝的爪子一个个拔出，直到长出新的锋利的爪子。当这痛苦的历程过去，老鹰可以重获30年的新生，再次翱翔于天空。”

三爷呆呆地听着，眼都不眨一下。

催三爷上路的喇叭声再起，让人意想不到的是，老人竟变卦了——

“我的山鹰有勇气重获新生，它理当属于山林；我虽然年老了，但还比得上一只山鹰。不走了，我和老鹰都不走了！

——在这双城岭老林子里，让这山鹰再陪我30年吧！呵呵……”

（原载《小小说月刊》2009年第9期）

作家和他的老妻

老妻土得掉渣，可在危急关头，她却喊出了：莫怕，莫怕！这小河沟里，莫说你，就是千斤大牛俺也能把它捞上来！……

年过半百的作家与老妻两地分居：一个城里，一个乡下。

20世纪60年代，还不是作家的作家高中毕业了。爹娘看着骨瘦如柴的小个子儿子着实犯了愁：这手不能提篮，肩不能挑担的娃儿，以后靠什么生活呢？经过亲朋好友多方物色，再加上“稻草说成金条”的媒婆游说和不惜血本“重金”投人，小鸡子似的作家终于娶到了邻村膀大腰圆、力大如牛长作家五岁的二嫚，也就是今日乡下老妻。

在生产队，二嫚挣整劳力的工分，而作家半劳力工分都不到；在家里，作家不问柴米油盐，一根筋看书写字，不着调，而二嫚补衣做饭带孩子，上上下下一把手。累极了的二嫚每每说：俺的亲娘来，这哪里是给俺找的男人，分明是俺永远养不大的幺儿子！

队里不指望,家里指望不上,闲人作家就有了充足的时间看闲书,什么《古文观止》《唐诗宋词》《史记》《汉书》……当他痴迷于古典四大名著时，满心窝子就有了好些话；当他阅读了大量现当代作家文集时，手就发痒，不写可就不行了。

儿子院子里玩泥巴，作家屋里飞笔游走。而在忙里忙外的二嫂眼里，这俩男人一样：闲来无事，图个乐子。

让二嫂对作家刮目相看是在一个午后，在村里耀武扬威的大队长竟满脸堆笑送来一摞报纸，说让作家去公社上班。我的老天来，俺那连只鸡都抓不住的“小不点”男人还真有用处?

后来，二嫂才知道，作家在报纸上发表了好些文章，公社要他去要笔杆子。

在公社大院的作家，一如既往地勤于笔耕；生产队的二嫂养老育幼依然牛一样出力。

“文革”结束后，面对革故鼎新的时局，作家激情澎湃，创作了大量富有新时代活力的文学作品，且这些作品频频露面于省、国家级报刊。而后，作家被调到市作协，成了一名真正的作家。

做了作家妻子的二嫂依然在家里侍弄那二亩责任田，虽然老人已殁，孩子们也像他爹一样有了出息进了城。

孩子们劝母亲到城里去享清福，她却说：俺是老黄牛的命，离开了庄稼地，就没地方拉犁拖车，那还不把俺憋死?

已名噪文坛的作家忽然封笔，潜心研读起“四书五经”、“诸子文献”来。他说，我这点涂鸦与前人大作相比，太稚嫩，太拙不可观了；不写了，抓紧时间拜读圣贤文章吧!

当读到古代圣贤写的“贞洁烈女”时,作家忽然想起了家中的老妻。

先前，作家一直认为，自己与“四肢发达，头脑简单”二嫂的婚姻简直是一场悲剧；任劳任怨的二嫂似乎更像一位寄居在家中多年的房客，再拙劣一点说更像一件“传宗接代”的工具……作家从来没有过什么婚外情，不是不想，而是没时间，毕竟对文学的痴迷远远大过任何女人。

今天，恭读圣贤的文章，作家觉得这里似乎有老妻的影子：勤俭持家、相夫教子、恭养双亲、不慕享乐……

时间已是初冬，作家拨通了乡下老妻的电话。当老妻听说工作繁忙的作家不年不节竟然来看自己时，激动得一夜没合眼。

老妻一大早便撑船去了小河对岸，因为她不愿让作家多走十多里地经过大桥绕到村子里来。

初冬的风有些刺骨，不再健壮的老妻用力系了一下头上的围巾，眼睛极力注视着远方。来了，她那矮矮的瘦瘦的小个子作家男人终于来了。

没有拥抱，也没有寒暄，甚至没有多余的招呼。解开船绳，上船，拔篙，小船轻悄悄离开了岸。

澄碧的河水缓缓流着，不住地撩拨着作家的心。这时，作家想到了柔情似水，想到了水的无声与飘逸，想到了厚德载物，想到了无私奉献，想到了老妻……他靠近船舷，想捧一些无比圣洁的河水来吻一下。

重心旁移，小船陡然倾斜，作家犹如一片树叶轻飘飘落入水中。

见此景，老妻迅速伸出那双大手，虽慢了些，可还是抓住了作家的一个脚脖。稳住自己，平衡住船身，老妻用尽全力把早已吓得脸色灰黄的作家拽上船来。

把男人的湿衣服脱下，老妻再脱下自己的棉衣给他穿上。口里不停宽慰道：莫怕，莫怕！这小河沟里，莫说你，就是千斤大牛俺也能把它捞上来！俺的水性，在咱屯子里那可都是响当当出了名的……

躺在老妻的怀里，作家失声痛哭；老妻深情地搂着瑟瑟发抖的作家，眼睛红红的。今朝，她好像一把抱住了失散多年的幺儿子，数十年的思念之苦似乎随着东去的流水悠悠而去了。

不久，一篇名为《老妻似水》的散文与读者见面。泪眼模糊的读者读后连连感叹：句句倾诉相思苦，字字凝滴悔恨泪，文章太感人了！……

这是作家封笔五年后创作的第一篇作品。

（原载《中国教师报》2009 年 11 月）

祖父的雅病

饱读诗书的祖父患有很重的“雅病”，诱发“雅病”因素有二：先受“物华”、“地灵”凫山刺激，再被凫山上“园翁溪叟”醉人语言的“撩拨”。

祖父 8 岁入塾，16 去临沂学习中医，25 岁便以高超医术名噪于郯城。他善书法，更喜读书，古代诗词歌赋、医学典籍自然诵读了很多，同时，古人那种“姓名字号”、“览物抒怀”的“雅病”也就染上不少。

“文革”前，因“出身”问题（富农成分），祖父被遣回原籍工作。

老家在鲁西南微湖北岸的凫山脚下，村子不大，也就五六百人口。祖父的到来，对缺医少药的家乡人来说，不亚于来了封福音书——山上一把中草药就能治病不说，那医生随叫随到，方便着哩。

家乡凫山虽没有五岳雄姿，但也有些名气，《诗经·鲁颂·閟宫》中所说的“保有凫峄，遂荒徐宅”，说的就是凫山和不远的峄山，又因其“群峰衔接络绎不绝，望之如水上之凫（水鸭子）”，故名凫山。

祖父在村里诊所上班，挣的是整劳力的工分。村里人口不多，病人数量当然也就有限；闲暇里，祖父除了看书就到村东的凫山上采些草药，也好为乡亲们减轻些经济负担。

戴上斗笠穿上胶底鞋，拎上药铲，背上药篓，在樵夫、牧人的指引下，祖父在偌大的凫山上不辞辛苦地寻寻觅觅。其间，有丰筐满篓的喜悦，更有“带月荷篓归”的艰辛。山中没有多少名贵的药材，但村民常用的远志、葛根、柴胡等“实用药”很多。

时间久了，山上的护林员、樵夫、牧人都成了祖父的挚友。他们到诊所里来常常带些罕见的中草药，并与祖父滔滔不绝一些山间趣事：斑鸠湾的巨蟒，白云洞的蝙蝠，乌龙盘美丽雾凇，老魔台千丈飞瀑……

祖父的“雅病”彻底发作了。

现在想来，诱发“雅病”因素有二：先受“物华”、“地灵”凫山刺激，再被凫山上“园翁溪叟”醉人语言的“撩拨”。

祖父发作“雅”病最先征兆表现在签名上。原先，给病人开完方子，祖父都是很随意地在右下角签上自己的名字；可现在不同了，他总要凝神屏息一番，工工整整在右下角写上“羡凫”二字，还蛮有兴致解释道：我给自个儿起了个“字”叫羡凫，羡，就是羡慕、仰慕的意思；凫，就是咱东边的凫山——那里可真是美，比得上泰山、峄山……

病人最关心的是自己的病情，哪有心思听这些说教？诊所里开方抓药就祖父一人，签名与否，签什么名，都没有多大意义。

祖父的“雅”几乎到了“病入膏肓”的地步了。他每每上山采药回来，脸都顾不上洗一把，便摊开废旧报纸（当时纸张金贵，祖父往往利用所里的废旧报纸书写文字），挥毫泼墨大书特书一番当天的“所见所闻”，或山间清泉，或云山雾绕，或婉转鸟鸣，或不绝蝉噪。末了再落上个“凫山樵人”的雅号。

着墨的废旧报纸越来越多，祖父就整整齐齐码在问诊桌旁的茶几上。倘若碰上个有些文化的病人，他就会从茶几上抽出一张“得意之作”，“之乎者也”起凫山的“美轮美奂”来。

当祖父“雅病”正酣时，那场史无前例的政治风暴也就不期而至了。

村子小，本来就没有多少“黑五类”分子，这让村里的“造反派”们大有“有劲儿无处使”的感觉。终于他们找到“富农”成分的祖父，虽然，他们的亲爹亲娘老婆孩子，没少受过祖父馈赠草药的恩惠。

造反小将们绝对“天才良医”，他们不用望闻问切，便诊断出了祖父的病症——“雅”。

“你说，你从乡亲们身上榨取多少血汗钱？”他们声色俱厉地向祖父发难，“老实交代，你方子上写的‘羡皂’是不是‘先富’的意思！喝贫下中农的血先富起来，这就是你的险恶用心……”

更甚者是村里小学校长，他竟把祖父送给他的一件书法作品拿出来，装出很有学问的样子向众人解释道：这“皂山樵人”，其实就是“富山瞧人”，就是通过给人瞧病的手段，大发山上草药的财。穷人有病，他发财！……

祖父反复解释自己“字”与“号”的含义：爱家乡，爱家乡人，爱……可百口难辩，只好戴上尖帽子在高台子上毕恭毕敬接受有着“阶级深仇大恨”人们的批斗。

祖父真不愧中医学院的高才生，不久便意识到了自己的“病”，并准确找到了病因。

在一次批斗大会上，祖父将预先准备好的一摞古书，当众撕得粉碎，边撕便念叨着：毒书，害人的毒书！在处方上，他再也不敢工笔“羡皂”了，每次签的都是“罪人二先生”。他再也不去皂山采药了——皂山上的药，哪有公社药材组的好呢？

那次，村革委主任的老舅从城里来，听说祖父擅长中医爱好书法，想求得祖父一贴书法作品。哪料，祖父在主任家，右手竟颤抖得写不出字来；末了，只好用左手歪歪扭扭写道：好好学习，天天向上，你争我赶，大干快上。人家提醒落款，祖父只好在卷末写上：习书小学生。

更让人想不到的是，原本衣衫整洁的祖父忽而污衣秽衫、蓬头垢面起来，说的那话儿也土得掉渣。革委主任听了，笑道：“你哪里像饱读诗书的老先生呢？”“什么先生，我整个田里的‘咬草虫子’，一肚子青菜屎！”祖父赶紧自嘲道。

正如祖父意料的那样，村里被批斗的名单上少了祖父的名字；原本说要把祖父赶出诊所，可革委主任再也没提过这事儿。

祖父 80 而殁，临终还不忘叮嘱后辈：切切不可附庸风雅！

可让他老人家万万没想到的是，革委主任的祖父临终遗言：先前听二先生说，文化人不光有名还要有字；倘若在灵牌上写我的“字”，就写“羡凫”吧！

（原载《短小说》2011 年第 7 期）

第二辑　感恩父母

无论在严寒刺骨的冬天，还是在酷暑难耐的夏天，我们依然如坐春风，只因沐浴着父母深沉的爱；经历一次次困难和挫折，我们内心深处的沟沟坎坎总能花团锦簇，春意盎然，只因能得到父母爱的浇灌。从小学到中学，父母身上发生的事情无休止地活跃在我们作文中，让我们尽情倾诉着对他们感恩情怀。

父亲的南丑脸

天堂里的父亲呀，即使在最贫瘠的土地上，您仍会辛勤耕耘着，仍会痴痴做着累累硕果梦。

南丑脸是老家村南六七里外的一片小山坡。

山坡犹如一张圆圆的脸，斜斜地镶嵌在大山与平地之间，默默充当着登临大山的台阶。山坡中间由西向东绵延着一条深沟，宛若一条长长的疤痕划过山坡这张圆脸。这也许是南丑脸得名的原因吧。

当年，我家七口人的一亩“自留地”就处在南丑脸的最顶端。狭长的五小块，弯弯地镌刻在小山坡上，俨然这伤疤脸上的五条皱纹，默默地显示着自己的苍老与悠远。

虽然那地时常在干旱的折磨下，无奈地撅着干拆的嘴巴，虽然那地里的沙砾永远要比土多得多，可每到春天，父亲仍会执着而虔诚地播下希望的种子，痴痴地做着累累硕果梦。

父亲像爱我们兄妹五人一样，深深地爱着这五块贫瘠的土地，因为他别无选择。

那年，队里分“自留地”。队长悄悄把父亲拉到一边：别人家都不愿要南丑脸那五块地。我看，你们家继续种吧！你是肯下功夫的人，说不准还能多打粮食呢。

在那以后的日子里，家家户户的“自留地”都多次变动，唯独我们家南丑脸那地难更易主，这里一半有别人不肯要的成分，更多的是父亲的“主动请缨”。父亲说：“我舍不得那地，那里面流着我的血。”

冬天是农人的歇闲日，对于父亲来说可是大忙季节。每天天不亮，父亲便扛上镢锨带上煎饼水壶早早上了南丑脸，开始了对那五块地的整容手术：先用镢刨一遍，把窜入地内的荆榛根系剔除掉，同时把大于板栗状大小沙砾清理掉；然后在地的周围挖一条深四十厘米上下的沟——以免周围榛莽根系窜入吸收水肥，且涝时也可排水；最后用铁耙摊平地表，使之平坦如砥。那些日子，父亲几乎每天坚持“一趟坡”，即“日未出而作，日落而归”。

那年春天，父亲步行到八十里外的道东（邹城东部山区，广沙土，多种花生），买了些优良花生种子，在那五块地上做着丰收花生的梦。此举遭到不少人的耻笑：那漏水漏肥的地，别糟蹋种子了，还不如给孩子们烧顿花生糊糊。

夏天，父亲把花生田锄得松松软软，见不得半点杂草。到“挂锄钩”时（夏季，农田锄上两三遍后，基本上没杂草了，此时为“挂锄钩”），天遂人愿，下起连绵大雨。看着如泼的雨水，父亲心花怒放：花生正扎果针，看来，那五块地快有出息了。

中秋过后，按捺不住喜悦的父亲便动员全家去南丑脸拔花生。远远望去，那五块已发黄的花生田，在阳光的照耀下，像五条金黄的带子，煞是壮观。抓住柔柔的茎，用力轻轻一拔，一群顽皮的“小马猴子”在果针的牵动下，慢悠悠地钻出来，活脱脱一群大山的小精灵。全家人在欢声笑语中劳作着，丰收的喜悦让我们忘记了饥饿与疲劳。

那五块地在父亲的精心侍弄下，不仅满足了全家人的温饱，还能解决我们兄妹的学费，那经常喝的香脆可口的花生咸糊糊，就更不用说了。

我是兄妹五人中最瘦弱的一个，三岁蹒跚起步，五岁才能牙牙学语。当时，有许多好心人对父亲说，这孩子可能是又聋又瘸的残儿，可父亲总是充满信心扶我走着路，耐心教我说着话。九三年，我把大学通知书交给父亲，父亲笑了：“孩子，你就是咱南丑脸那地，虽贫瘠，可也能结出饱满的果实。”

日月如梭，光阴荏苒，我们兄妹五人一个个上学，就业，结婚生子，都过上了较为舒适的生活，可年迈的父亲仍在老家守着南丑脸那五块地。

二00年春天，父亲吃饭时忽有犯噎的感觉，在医院工作的四弟领他查了一下，得出的却是令我们不敢相信的结果——食道癌晚期，癌细胞已扩散全身。

日见消瘦的父亲再无气力去南丑脸看他那侍弄了三十多年的地了，他忍着剧痛眼含热泪对大哥说：“那地……你们不在家……不能种了，要记住那地，它是咱家的‘救命田’……”

父亲过世已五年多了，作为他爱写文章的儿子始终未能写出半句话来，不是不想写，而是无法用语言来表达对父亲的理解。

有一天，忽然想起一句献给父亲在天之灵的话来，忙郑重写在日记上：

“父亲，即使在最贫瘠的土地上，您仍会辛勤耕耘着，仍会痴痴做着累累硕果梦。”

（原载《邹城大众》2006年10月）

父亲的收音机没有关

弟弟在厨房里，幼小的身体蜷缩在柴草丛中，冰冷冰冷的，双肩不停地抽搐着，红红的小手紧紧抱着头——耐着严寒他竟睡着了。

那年冬天特冷。

父亲在修“三八河”工地上冻伤了脚，憋在家里养伤。那段时间，父亲床头上的收音机不停地响着。

我和弟弟都在村里上小学，因为天冷，下午都没上课。父亲先让我们练毛笔字，再背《三字经》，末了把我们叫到床前手把手教了会儿《珠算》。

天暗了下来，父亲便放了我们“圈儿”，允许我们到外面随意耍去。

我和弟弟拿了弹弓，到村头老柳树下射鸟。风刮得柳树枝左右摇摆，连一只鸟也没有。

“哥哥，你说谁能把这老柳树拔下来。”

“不知道。”

“鲁智深呀，昨晚我在电视上看了，太精彩了。”

“今天还演呢，去不？”

“不，咱爸可不让看电视！”

等我到家时，身后的弟弟已不见了踪影。而父亲的收音机仍然响着。

拉开灯，拿出数学书，我预习明天老师要讲的“分数应用题”，这时天完全黑了下来。

屋里没有生炉火，脚好像放在冰窖里一样，刺骨得痛。冬夜显得那样寂静，父亲收音机播放的声音传得很远。

看看床头上的小闹钟，已9时了，弟弟还没来，可父亲的收音机还响着。

我不敢告知父亲，那样弟弟会挨打的！唉，父亲对我们兄弟俩太严格了。

拿出语文，我用抄《小英雄雨来》来等弟弟。

时针已指向11时，弟弟仍没来！而父亲的收音机仍然响着。

村里有电视的只有两家。我轻轻开了门，悄悄去那两家找弟弟。

黑黢冰冷的冬夜里，路上一个人也没有。到了那两家，人家的大门早已关了；爬上墙头往里一看，漆黑寂静——人家早睡觉了。

“爸，弟弟还没来……看电视的地方也没人……”我拖着哭腔有些语无伦次。

爸妈房间里没有反应，而父亲的收音机仍然响着。

“爸爸——爸爸——”我走进父亲床前拼命地喊。

“嗯，怎么了？”——噢，原来父亲早已睡熟了。

我和妈妈又到村里弟弟常去玩的几家去找，仍没有弟弟！当我们到家时，父亲拄着拄棍在院里等了好一阵了。

“没有？”

“没有！”

父亲的收音机仍然响着。

“看看厨房、夹道等放柴火的地方。”父亲好像想到了什么似的。

随着厨房灯亮起，传来了妈妈的一声尖叫：“在这里！”

弟弟在厨房里。幼小的身体蜷缩在柴草丛中，冰冷冰冷的，双肩不停地抽搐着，红红的小手紧紧抱着头——耐着严寒他竟睡着了。

不顾我和妈妈的劝阻，父亲决意要亲自把弟弟抱进屋。

妈妈在屋里生了一大堆火，父亲把弟弟抱到火堆旁。

“爸爸，我再也不去看电视了……”弟弟梦中惊醒。

“孩子！……”父亲泪流满面。

从此以后，父亲在学习方面再没有责罚过弟弟；而弟弟学习更刻苦了。

（原载《新课程语文导刊》2011 年 11 月）

黑 黑

娘精心饲养的黑黑卖了，娘怎么也睡不着。娘说，她满脑子黑黑嗷嗷的声音。第三天，爹又在集上逮了个小猪崽，通体雪白，可娘依然叫它黑黑。

那年冬天，爹对娘说，喂头猪吧，好让娃们穿件新衣服。

没几天，爹真的在集上逮了头小猪崽。

小猪崽浑体透黑，小眼，长嘴，憨态可掬。娘叫它黑黑。

黑黑初来乍到，满院子嗷嗷直叫。娘端着专门为它熬制的地瓜糊糊，嘴里不停地喊着“黑黑”，赶着追着让它吃东西，好像对待自己不听话的孩子。

冬天天冷，娘从不让黑黑在猪圈里过夜。娘在厨房柴草堆里扒个洞，傍晚喂完食将黑黑放进去；清早，娘起来再喂它食时，它还在洞里呼呼睡着呢。

那年头口粮艰窘，每次吃饭，娘总是把全家人剩下的汤汤水水吞下肚；自从来了黑黑，娘反而剩下小半碗汤。

暖暖的日头下，总能看到娘为黑黑逮虱子的情景：黑黑侧卧在地，四腿直挺，不吭一声；娘用篦子在黑黑身上来回梳理着。冬去春来，黑黑已成了七八十斤的大猪了。

“年好过，春难熬”是那个时代人们常念叨的一句话，因为“青黄不接”太愁人了。

家里的剩饭越来越少，到后来，连娘留给黑黑的碗根子也让我舔了个精光。

背上背筐，娘几乎每天都要去很远的地方（近处的草早已被人挖光了）为黑黑找吃的。马齿苋、猪耳朵菜、虚须草、楚桃叶……娘总能背来一大筐，够黑黑美美吃一天的。

那个春天，人闹了饥荒，而黑黑没有。黑黑长得肥肥的，也有百十来斤了。

人们艰难地度过了“青黄不接”，终于闻上了玉米的清香。

娘割来新鲜的地瓜叶，拌上馨香的玉米粒子，在锅里煮到八成熟，不限量地舀给了黑黑。黑黑过上了“神猪”般的生活。

爹说，该追肥了，要不年底卖不上个好价钱。娘说，黑黑一春没见个粮食粒子，也该补偿补偿了。

立冬时节，黑黑变成了二百来斤的大肥猪。

那天，爹请了几个人来捆黑黑，娘忙躲到邻居二嫂家。黑黑被捆走了，娘满院子里喊着黑黑。爹说，多喊几声，喂下个猪时好更旺些。

夜里，娘怎么也睡不着。娘说，她满脑子黑黑嗷嗷的声音。

第三天，爹又在集上逮了个小猪崽，通体雪白，可娘依然叫它黑黑。

（原载《农村大众》2006 年 8 月）

六枚鸡蛋

为了他的儿子，娘蹲在芦花鸡面前，俨然一尊痴心求佛的塑像，那样执着，那样虔诚。她求什么？求芦花鸡给她的儿子快速产下第六枚鸡蛋，好让儿子顺顺溜溜考上大学，好让儿子有个美好的前程。

那是十多年前的一个中午，我骑车回家拿些干粮衣物，好返校备战几周后的高考。

娘看着我因缺乏营养而极度苍白的脸，心疼地说："娃儿，生到咱这穷家困户，让你背着煎饼卷子求大学，真难为你了。"

"娘，没啥，我精力好着呢！"

可娘哪里知道，营养不良给我在学习上带来多大的障碍呀！高三繁重的学习，而我靠的仅仅是煎饼咸菜的支撑，一天下来，到宿舍总感到天旋地转，很久才能入眠。上次摸底考试，我竟晕倒在最后一科的考场上！

可生活在大山窝窝的爹娘又有什么办法呢？涝了不收，旱了更不收；靠天吃饭的农民，能让孩子衣遮体食果腹就很不错了。在我们村，又有几家敢把孩子供到高中？

"孩儿，你等一下再走，我给你煮几个鸡蛋带着，好补补身子。"娘给我装好煎饼咸菜和替换的衣服后说。

娘顺手操起个瓢，就往里屋去——我知道，娘是到里屋为我取坛子里的鸡蛋。我忙跑进里屋制止娘，因为爹每天繁重的体力劳动还靠它滋补呢。

娘狠狠瞪了我一眼，让我读懂了此时此刻母爱的威严。看来，只好依娘了。

坛子不大，总共能装几十个鸡蛋。拿开秫秸秆制作的盖子，娘用右手颤颤地往坛子里摸——两个，两个，当娘再把手从坛子里拿出时，手心里只有一个孤零零的鸡蛋！

“怎么才有五个鸡蛋？哦，想起来了，东头你大嫂生孩子，我给她送去三十个。”娘说。

“五个就五个吧。”我说。

“不行，娃儿考大学一定要顺顺溜溜（六六），至少得六个；要不，我到东院你二婶家借个去？”

“别了，娘！人家孩子小，正需要鸡蛋；再说借一个鸡蛋，怎么说出口？”

“哦，有了！咱家的芦花鸡每天准十二点下蛋，看看去，这会儿也差不多了。”

的确，我家的芦花鸡在鸡窝里正缩头“咕咕”地做着产前的准备呢。见有生人（我长期在外读书，在芦花鸡眼里当然是个陌生人）窥探，忙站起，高扬起脖子在鸡窝里来回踱着。

这时，娘往锅里添好了水，正等着我这第六枚鸡蛋。见我迟迟拿不来鸡蛋，忙向鸡窝这边走来。

“去——去——”娘轻轻示意我离开。

“咕咕、咕咕——”娘口中哼着，走近了芦花鸡，并用手轻抚着它那斑驳陆离的羽毛。

芦花鸡在娘的安抚下又回到了先前“咕咕”的状态。

娘蹲在芦花鸡面前，俨然一尊痴心求佛的塑像，那样执着，那样虔诚。她求什么？求芦花鸡给她的儿子快速产下第六枚鸡蛋，好让儿子顺顺溜溜考上大学，好让儿子有个美好的前程。一缕阳光从破了的鸡窝顶上直射下来，照在娘的头上，我这才发现，娘的头上已有了不少白发!

转过脸去，我擦去了两行热泪。

“咯哒——”芦花鸡猛然引颈长鸣。这时，娘手里终于有了那第六枚鸡蛋。

足足有两袋烟工夫，娘才从厨房里笑呵呵地端出了六枚热气腾腾的鸡蛋，边走边唠叨着——

“吃了这六个鸡蛋，俺娃儿考大学一定能顺顺溜溜，一定能顺顺溜溜……”

娘帮我把所有行李捆到那辆破自行车上，又去看瓢里的那六枚鸡蛋凉了没有。

“好了，不那么烫手了；娃儿，带上它吧。”娘把六枚鸡蛋用塑料袋装好，放在我的提包里。末了，摁了又摁，宝贝似的。

娘把我送出家门，再三嘱咐道——

“娃儿，吃了这六个鸡蛋，考大学一定能顺顺溜溜，一定能顺顺溜溜……”

我骑上车走了老远，耳边仍隐隐约约听到娘的绵绵絮语——

俺娃儿考大学一定能顺顺溜溜，一定能顺顺溜溜……

（原载《天池小小说》2008 年第 6 期）

一定让父亲喝上酒

历尽千辛万苦，儿子终于花了 80 元买了两瓶酒——“心酒”牌，金黄的盒子，四面各有一颗红彤彤的心。这酒，父亲恐怕连听都没听说过呢!

父亲离不开酒。端起酒，便皱纹舒展，眼眸生光，嗓门洪亮，气度豪爽，虽然他总是喝一块钱一瓶的地瓜烧。

可就在我考上大学那年，父亲连地瓜烧也不喝了——900元的学费，让父亲拉了亏空。

上学走的头一天，父亲摆宴席酬谢借给我们家钱的亲友们。席上，无论亲友们怎么劝，父亲就是一滴酒不沾。

晚上，父亲对母亲说："欠人家的钱，怎么觍着脸在人家面前喷酒气？不还上人家的钱，我一滴酒也不沾！"

父亲把我送到车站，看着他那因缺酒而略显疲倦的脸，我心里很不是滋味，暗暗发誓：年底一定要让父亲喝上酒！

900元的学费，10元的路费，让我感到兜里剩下的40元钱特珍贵。好在我们师范类学生每月都有60元的生活补助，才致使我这近乎一米八的小伙子免于饥饿之苦；可每天6个馒头两份菜的生活，至少要花去3元钱，我那可怜的40元也只能支撑一个月。

国庆节放假，偌大的宿舍只有兜里的5块钱陪着我。找了块纸浆板，在上面写了两个大字——"家教"，我把它放置在城市中心广场的一小角落里。

耷拉着头，默默蹲在"家教"纸牌旁，有一种巴儿狗摇尾乞怜的感觉，但一想到父亲因缺酒而疲倦泛黄的脸，我又猛地抬起了头。

也许上苍同情怜悯我，没多会儿就接到了两个"活儿"：一个初中生，周六周日上6小时；一个小学生，每天上1小时，价格都是每小时3元钱。

这两家离我们学校都比较远，且是一东一西两个相反的方向。每天下午4点放学，我便在食堂买上3个馒头上路了，半小时后，仨馒头下了肚，西边家教的地方也到了。周六我们上半天课，吃过中午饭，我便急匆匆往东赶，得一节课时间，东边那家才能到。——

说真的，那时5毛钱的公交车费我都很看在眼里。

我是十月初开始干家教的，那时正值秋雨连绵，虽然“雇主”也曾给了我一把小伞，可每每回到学校总披一身雨水。后来，步入严冬，——那年的雪下得特大特勤，总扛着一身雪花进入宿舍，而此时，同舍生正热火朝天打着扑克呢。说真的，与同学们相比，我的确太苦了，但每想到父亲的酒，我都咬牙撑了过来。

一晃三个多月过去了，我兜里竟存了400块，看着那8张崭新的绿票子，很是兴奋。

放假前，我在华联商厦花了80元买了两瓶酒——“心酒”牌，金黄的盒子，四面各有一颗红彤彤的心。这酒，父亲恐怕连听都没听说过呢！

我是在一个午后到家的，一进我家小院，就闻到一股浓浓的酒香。怎么？父亲不是戒酒了吗？

母亲见到我，忙接过我肩上的行李，笑着说：“快洗把手，陪你爸喝两盅去！”

“不是……”

“你爸这一冬在山上帮人家运石料，不仅还上了账，还给你准备了200块呢！”

我忙拿出那两瓶心酒，快步走进堂屋，双手把酒擎到父亲的面前。

“你这个熊孩子，知道我馋酒，弄两个空盒子来糊弄爹吧！……”

——原来父亲早就醉了。

（原载《辽河》2008年第11期）

父亲那年六十一

父亲，去世了，走得那样从容，安详。儿子不由感叹：我那一辈子豁达、乐观、清醒着的老父亲，愿您老在天堂安好！

父亲是1939年出生的，特信命。

很小的时候，我就听父亲唠叨：算命先生说，我是“金”命，是“白蜡金”，一生挣钱再多，到头来还是两手空空；上天给我61年的阳寿……

“白蜡金（白拉金）”，我信。父亲省吃俭用抚养我们兄妹五个成人，成家，一生为儿女“拉金”，到头来还是过着清苦的生活。至于那61年的寿命，我们兄妹只把它当成父亲“迂”的佐证。

我们越来越感到父亲“61”论调的荒诞了，因为他60岁那年，还一人种着5亩责任田，显得很轻松。

2000年麦收，我回家帮父亲。父亲一如往年精神矍铄，只是瘦了些。父亲说：麦收后，这5亩来地让你二哥来种吧，我劳累了一辈子，也该清闲清闲了……听着一生“视地如命”的父亲说出这样的话，我感到很是诧异。

在家忙了三天，看着父亲的麦收也几近尾声，我就回了单位上班。一周后，在镇医院上班的四弟忽然打来电话：父亲病了，可能是大病……

我便骑车飞也似的到了镇医院。从四弟口中得知：父亲老久就感到吃饭犯噎了，只是没有告诉任何人；现在，他甚至连喝汤都有些困难了……

这时我才想起，我帮父亲麦收那三天，他总是端着碗躲到里屋去吃，似乎比往年更消瘦。

领着父亲到县市两级医院检查的，是做医生的二叔和四弟，他们每次回来都买好多东西，并欢天喜地在父亲面前给前来闻讯的亲友说：食道炎，不碍事的。可背着父亲却眼泪汪汪：食道癌晚期，已经没有手术必要了，在家保守治疗吧。

为给父亲治病，我们几乎问尽了国内治疗食道癌的专家、名医：济南、郑州、北京、上海……有的电话咨询，有的直接上门询问；我们买了各类治疗食道癌的药物：西药、中药、电磁仪、磁药贴、泡有蜈蚣、壁虎、蝎子的药酒……对此，父亲全都接受。

父亲整天笑嘻嘻的，只有很艰难地仰脖子喝药时，才露出那痛苦的瞬间。早晨起来，刷牙，洗脸，刮胡子，拾掇拾掇院落，再到电视机前看“早新闻”；中午，他到责任田里转一转，虽然那地早已给了二哥；下午、晚上，总有一些老街坊们陪父亲说话，这时的父亲显得很是兴奋。

中秋节过后，父亲再没力气下地转转了。他大口大口吐着黄白相间的黏涎，很是痛苦。

时间到了秋分，这时的父亲已经再不能下床了。他越来越瘦，已到“皮包着骨头”的程度。他总还是笑嘻嘻的，早上，让娘帮着坐在床上，尔后还是不变的刷牙、洗脸、刮胡子。他不停地看着电视，有时还自言自语几句。

照看病床上的父亲，大多时间是大哥、二哥和娘，我只能在周末回家看望重病中的父亲，现在想想，很是愧疚。

一个周末，我又回到了父亲的床前。给父亲擦了擦脸，又帮他翻了几回身。我说：爸，您会好起来的。父亲叹了口气，在我的眼前摆了摆他那枯瘦的大手：没用了！这几个月，你们在骗我；其实你们哪里知道，我也在骗你们，大口大口吃药，整天跟没事似的，我不想让你们担心哪！去年，我就知道我有病了，但没办法，老天让我活到61，谁也没能力让我再多活一天，哪怕一分钟……

立冬过后，父亲已经吃不进药了，瘦得像一架骷髅静静地躺着。二叔跟四弟商量：打点滴吧，多加些能量、排毒的针液，这样会减少些痛苦的。于是停下口服药，开始了挂吊瓶治疗。

父亲打点滴每天4瓶，一般在傍晚开始，起初6个小时就能结束，而三个月以后，得12个小时了。打了一夜点滴的父亲，第二天的精神头特好，不仅能坐起来，而且嗓门也响亮了好多。他能不眨眼看一天电视，也能不停地跟陪他的人一连说上几小时的话。

天越来越冷，父亲对我们兄妹五个的话渐渐多了起来：到了腊月，我正好61周岁，大去之日到了，你们几个快给我准备后事吧！我走了以后，你们一定要团结，赡养好你们的娘……可在那一月，父亲没有像算命先生预言的那样离开我们。

吊瓶继续挂，只是挂的时间越来越长，找血管的难度越来越大。

除夕夜，该我和大哥照看父亲。突然，父亲说，他想吐，我忙将痰盂端到他的面前。噗的一声，父亲吐出一块什么东西。我和大哥忙端到灯下细看，一个杏子大小的血球，戳开后，里面是白白的。那夜父亲睡得很安稳。

第二天是春节，父亲早早起来了，精神出奇的好，更出奇的是，他竟吃下了6个饺子。全家人都为父亲病情的好转欢天喜地，父亲也说，看来，我这一劫能躲过去了。

接下来几天，父亲的饮食似乎往更好的方向发展，有时一顿竟能吃下两个热腾腾的馒头。可给父亲打点滴的难度继续增大，有时一两个小时竟找不到一条畅通的血管——他的手面上、脚面上凸起的原本清晰的血管，这时因失去营养、水分，连同皮肤干瘪在一起了。

出了正月，父亲又回到了只能喝稀牛奶的饮食状态，四瓶点滴挂完差不多要用上18个小时了。父亲对此很淡然，依然平静地刷牙、洗脸、刮胡子、看电视……

清明节的前夜，又该我和大哥照看父亲了。那夜，父亲显得很有精神，说话尤为清晰条理：我想过了，人家算命先生算得准呀，我的寿命本来是61，也许因为我用心抚养了你们兄妹五个，上天又给了我100天，——我抚养你们1年，老天给我1天。老天爷，他公平着哩!

果真，父亲零时昏迷不醒。大哥让我快喊来我们一大家亲人。二叔说，快往灵床上架吧，要不来不及了。我们兄弟四个忙把父亲架到外间的灵床上。在架的时候，隐约听父亲念叨：不要——放错——男左——女右——

天亮了，躺在灵床上的父亲气息衰微，动也不动一下。大哥说：我是长子，父亲这最后一口气理应在我堂屋里咽下……这时，我惊奇地发现，父亲眉头动了两下。

我们兄弟四个流着泪将昏迷的父亲用板车拉到大哥家里。

二叔说，按老风俗，准备一块面糊吧，等你爹最后一口气出来时，用面糊糊上他的嘴，以免毒源散发出来。大哥不愿意，说那是老迷信，也就没准备面糊。二哥拿了些卫生纸，放在父亲鼻边，父亲的微弱的呼吸，使那纸片微微抖着。我们兄妹五个静静陪在父亲床前。

突然，父亲猛地张嘴咬住那团纸，脖子一抖，溘然长逝。我回过头看看墙上的钟表：2001年农历3月12日（清明节）14时22分。

父亲，我那一辈子豁达、乐观、清醒着的老父亲，愿您老在天堂安好!

（原载《兖矿新闻》2009年3月）

奶奶能当科学家

“成功了！成功了！”儿子拍着手蹦着跳着，俨然春天里的一只小鸟雀，欢快兴奋。对于儿子，空洞的说教不顶事，只有做给他看才最有效用。

儿子上小学二年级，做事总是缺少耐性，为人师的我很是忧虑。

为此，我经常煞费苦心地给他讲一些科学家的故事，什么爱迪生发明电灯啦，诺贝尔研制炸药啦，居里夫人发现了镭元素啦……故事，儿子听得津津有味，可坏毛病依然不改。

寒假的一天，领着儿子去探望乡下的母亲。天可真冷，远处往日波涛汹涌的白马河而今被严冬定格成一块静静的大玻璃，没有一点声响。

到家，见母亲提着暖水瓶往外走。一问，才知道院子里的自来水管冻上了，母亲正要用热水去解冻。

母亲的自来水管在院子的正南方，平地一个“7”形管子，外加一个水龙头，特简易。为防严寒冻坏水管，母亲已采取了较好的措施：周边绑有一层层的蛇皮袋，水龙头上还有一只废弃的棉手套。天也太冷了，即便如此，水管还是被冻上了。

母亲先是拿掉棉手套，用热水烫水龙头。一阵热气蒸腾后，拧一下阀门，流下的只是冒着热气的水滴。

儿子蹦跳着在旁边看，似乎对这很感兴趣。

“看来，不是水龙头的事儿——地上的管子冻上了。”母亲自言自语。

母亲把她精心捆绑的那些蛇皮袋一层层取下来，再用热水去烫。先烫横管，再烫竖管；一遍，两遍，三遍，母亲很有耐心。

天真的儿子好奇地瞅着母亲；执着的母亲盯着水龙头；水龙头静静的，一滴水也没有。

看来，今天的水管很难解冻了。想到这里，我忙提上水桶到外面去找水。

如我家水管遭遇一样的还真不少，街上找水的人络绎不绝。

好不容易找到了水源——邻居二伯家的水管通到了屋里，才免遭被冻上的“厄运”。

我提来第一桶水，母亲还在不停地烫着水管。

我提来第二桶水，母亲将毛巾捆在水管上，再往毛巾上浇热水——地上已经摆了两个大暖瓶。儿子在一旁一会拧拧水龙头，一会握一下热毛巾，不停地给母亲帮着忙。

三桶水，母亲的水缸满了。我上前阻止母亲——反正水够用的了，今天就算了吧。

母亲不但不停止，还分析上了：水龙头没事儿，弯管没事儿，那一定是靠地面的那一截冻上了——那一小段可能我没护理好！

母亲找来一个掉了底的铁盆，从水龙头处套上去，顺着弯管落在地面上；又找了些碎麦秸堆在盆内，便掏出了火柴。

碎麦秸点着了，不停地冒着白烟。母亲找了把蒲扇，蹲在火盆旁轻轻地扇着，白烟里便窜出红红的火焰。儿子不知在哪儿找了根木棍，不停地用棍挑拨着麦秸——这祖孙俩配合得还挺默契。

盆里麦秸烧光了，母亲又抱来一些；又烧光了，儿子又抱来一些。看着这祖孙俩瞎折腾，我直笑它们固执。

闲来无事，我捧着一杯热茶在旁边看她们娘俩瞎折腾——看来，老小孩的说法是对的。

哗——

水龙头突然冒出了水来，白花花的，充斥着十足的生机和活力。

“成功了！成功了！”儿子拍着手蹦着跳着，俨然春天里的一只小鸟雀，欢快兴奋。

“昨天还好好地呢，——今儿我就不信烫不开它！”母亲说得很平静。

回城后，儿子好像变了个人，做事有条不紊，无论事儿有多烦琐，都能耐心去做。一天，我问儿子发生变化的原因，不料，儿子竟说了句没头没脑的话——

我觉得，奶奶也能当科学家！

（原载《天池小小说》2011 年第 7 期）

娘的香椿树

原来，娘关心的并不是她的香椿树，而是希望孩子们常回家看看！

八年前，娘从邻居家移来棵小香椿树。娘说，春上，让孩子们尝个鲜。

乡下的老房子，廊前檐后被娘种满了花花草草，俨然一个小花园。娘将那棵香椿树栽在院内正对着大门的一小块空地上，生怕闯入院内的猪羊啃食，又在小树周围用荆棘圈了个围墙。以后的日子里，娘不知从什么地方找来块条石，立在小树旁边。每到夕阳西下时，娘总会坐在那块条石上，看她的小香椿树。

我在离家十余公里的镇上教书，只有周末或节假日有时间看娘。

每次到家，娘总会拉着我看她的香椿树：瞧瞧，比前年多出三个杈，比去年多十六片叶子……

我笑着对娘说：娘，这哪里是香椿树，分明是您的幺儿子！

同样在镇上工作的哥哥和弟弟听说了娘种的香椿树，这个送来麻渣，那个送来酵黄豆。娘笑了：够了，够了，这么小的树哪用得了这么多肥料？

三年后，香椿树跟上中学的儿子差不多高了。那年春天，娘收获了第一批香椿芽，打了二斤豆腐，让我们兄弟几个尝了回“香椿芽拌豆腐”的美味。我们都说：娘种的香椿芽可真香！我们从没吃过这么香的香椿芽……娘听了也说真香真香，虽然她连筷子也不曾动。

五年后，香椿树有大人胳膊那么粗了。虽然那树每年春上都奉献给我们一茬又一茬香喷喷的香椿芽，可每到夏天依然枝繁叶茂，给小院苫蔽出一片浓阴。浓阴下纳凉的娘，总是把大门打开，眼睛不停地注视着大门外，似乎在等待着什么。那次周末回家，我就发现坐在条石上向外张望的娘；见我们到来，娘惊喜地站起来，孩子似的大步走向我们。

我们兄弟几个都希望娘跟我们住在一起，可娘说，我可离不开那香椿树。每次回家，我都留些钱给娘。接过钱，娘显得有些不好意思，嘴里不停唠叨着：唉，老了，不中用了！净花你们的钱……要是在春上就好了，给你们带上些香椿芽。

去年清明节，我们兄弟几个挈妇将雏回老家上坟。那天，娘特别高兴。竹竿上绑了三个铁钩子，一番噼里啪啦，香椿树便“片叶不留”了。娘说：不碍的，这香椿树不金贵，一夜之间，嫩芽又冒出来了……一周后，我回家看娘，娘又是一阵忙活，给我掰了一塑料袋香椿芽——那芽明显细小，跟新采的茶叶差不多。谷雨过后，小弟三口人也回家看娘，来时照样带了一袋茶叶状的香椿芽。

芒种那天，忽然接到大哥电话：咱娘的香椿树枯死了，这可是她老人家的命根子！听到这消息，我心里咯噔一下，仿佛身边一位亲人离开了人世。我们兄弟几个各自请了假，带上些营养品急匆匆往家赶。路上，大哥一再强调：切不可在娘面前提“香椿树”这三个字。

走近家门，大门虚掩着，没上锁。大哥推开了门。

眼前的一幕让我们很是意外：娘正用镢头刨那棵枯死的香椿树，见到我们哥几个，忙撂下镢头大声吆喝开了——

孩儿来，你们来得可真巧，帮娘将这枯树刨了吧！——村东头你们李婶说了，她家那棵桃树移给咱！那树结的桃儿又大又红，能甜掉人的大牙……以后有了那桃树，不怕你们不来！

（原载《济宁日报》2013 年 6 月）

第三辑　往事悠悠

胡子白花花的祖父将他的经历连同那段沧桑岁月一股脑讲给父亲；满脸皱纹的父亲将他的经历连同那个激情燃烧的年代娓娓道给我；我将这一切缀连成文字，写给我的学生们看。往事悠悠，通过它可以让我们了解过去，更加珍惜今天的幸福生活。

佛　缘

她一生与佛有缘，然而又有谁知道她孤苦伶仃的一生。往事悠悠，让人感慨万千。

冯家集是运河沿岸的一个小镇，有三、四百户人家。小镇上最富有的当属南头的冯员外家，满院的牛马驴骡不说，还有三顷多上好的贡田。为员外料理农活的是管家吴二贵，30 多岁了，至今还孤身一人。

冯员外已年过半百，膝下还无子女，别看他整天与众清客谈经说道，装出一副大彻大悟的样子，内心急着呢。

年长员外3岁的冯妻，是县城一大户人家之女，对官人没有丝毫纳妾念头，充满感激，同时，也为自己这20多年没能给员外生下一男半女深怀愧疚。

这天，冯妻在丫鬟的陪同下，又前往子午庵求子上香。

20多年的烧香拜佛，让冯妻和庵里的静安师太竟成了莫逆之交。当然，冯家的捐赠也是庵里的一块不小收入。

次次许愿，次次不灵，也让师太有些愧对冯妻。冯妻上香、许愿后，与师太一同进了内室。

二人主宾坐下，师太道："看来施主命中无子，还是让员外纳小吧，要不来不及了。"

冯妻惊异地看了看师太，很无奈地点点头。

员外的二房俗名紫胭，原是子午庵里的尼姑，还俗后，经师太做媒嫁到冯家。

第二年，紫胭生下一女，冯家上下欢天喜地。静安师太也前来贺喜。冯家夫妇请师太为女儿取名，师太测了孩子生辰八字后，道：此女五行缺火，就叫怡炎吧。

怡炎周岁，冯员外终于给管家吴二贵讨上老婆——一位寡居的女人，身边还有个3岁的儿子。

那孩子原名二虎，母子到冯家集后，大家伙都叫他吴二虎。

也许冯员外的善良仁慈和吴二贵的朴实厚道打动了上苍，几年后，冯家的家业更殷实了。

日子在平静中度过，怡炎和二虎也在日子里一天天长大。

运河的烟波，乡间的纯朴，滋养得怡炎宛若一朵朝露间的花蕾，晶莹，美丽，芬芳。飘逸的秀发，明澈的眸子，亦步亦趋，涵显着大家闺秀的淑文雅气。怡炎也有10岁了。

二虎与二贵虽称父子，秉性却大相径庭，骨子里全没有二贵的憨厚朴实。二虎4、5岁时就知道看着员外的脸甜甜地叫怡炎“小姐”；7、8岁时，就会“老爷”、“太太”地到员外家拜年；而今的二虎更是在冯家大院里跑前跑后，在员外面前点头哈腰，俨然冯家二管家。

乡间富人家过年特别隆重：杀猪宰鹅祭拜祖先，拿出酿制多年的佳酿馈赠亲友，还要油榨些年糕准备给前来拜年的孩子们。冯员外家炸年糕还有另一用途——往子午庵里送，每年都这样。

今年，冯家榨年糕选在腊月24日。这天，员外领着女儿走亲串友，让下人在厨房炸年糕。哪知榨油糕下人在油火正旺时候竟然抽起烟来，火星子点燃了锅里的油，一下子整个厨房成了火海。火很快蔓延到了西柴房、东酒房等几处易燃的房子，不到半个时辰，冯家所有的房子全着了。

当冯员外到家时，家已成了一片瓦砾，家里除了二贵和几个年轻下人逃出以外，全在大火中丧生。

痛失妻妾和家产，员外一病不起，且越来越重。为了保住性命，员外被迫卖掉了2顷贡田。就是这样，员外的病情还是一天天恶化。

这天，员外似乎显得格外精神，让二贵前去请子午庵里的静安师太。

师太来后，员外说出了遗愿：

遇此天灾，也是命中注定。我死以后，家中还剩1亩贡田，就送给庵里。我的女儿，因佛而来，还是让她皈依佛门吧。

第二天，员外在女儿呼唤中离开了人世。

冯家所有家产归了庵里，二贵也成了庵里的斋工。

由管家变为斋工，少了鸡鸭鱼肉的二虎，也变得不那么乖巧，在家里对父母吼三呼四不说，还在外面交了一些狐朋狗友。

怡炎进了子午庵，师太给她取名慧炎。

一场天灾人祸，让子午庵的慧炎的心也走进了佛。她不愿在院间嬉戏，也不留恋那五彩的飞蝶。那花花绿绿的草木，她似乎悟出了其间的生生灭灭。

着青衣，伴孤灯，慧炎似乎永远失去了眼泪。做课、诵经，求来世，十几岁的孩子竟万念俱灭。

庵里的香火越来越少，师太被迫卖掉了那 1 亩贡田。慧炎也有 16 岁了。

也是腊月 24 日那时辰，也是因为榨油糕，大火在子午庵燃起。除慧炎被前来救火的二贵救出外，子午庵无一人生还。

孤苦伶仃的慧炎被二贵接到家，而此时的二虎早离家出走好几年了。在吴家的慧炎仍以佛规自戒，做课、诵经，求来世……

二贵像照顾员外那样悉心关照着慧炎。

一天深夜，激烈的敲门声惊醒了吴家所有人。

来人竟是二虎，后面还跟着一群土匪。

原来二虎离家出走后，到东山当了土匪。这小子的花言巧语最终博得了寨主的青睐。后来，老寨主病死，二虎继任寨主。

这几天，二虎手头有些紧，便到家里来看看。

在家里竟遇到 10 年未见的冯家小姐。看着桃花似的面孔、杨柳般的身段，二虎心中顿生邪念。

“小姐，别来无恙。我今做了东山寨主，你我何不到山寨痛快。”

手持木鱼的慧炎一言不发。

“大哥，抢了吧”众匪徒吼道。

“好，好，你们出去等一下吧。”慧炎终于发话了。

当二虎再进屋时，眼前的一幕让他惊呆了：慧炎手端香烛坐在一圈柴草当中，空气中还弥漫着浓浓的油味。

“我慧炎，经历两次大火，爹娘、师太皆因火而去，今日也随他们去了。”

二虎等人怕了，夺路而逃。二贵夫妇救出了怡炎。

第二年，二贵夫妇双双西归，家里只剩下慧炎一人。

慧炎仍然重复着做课、诵经，求来世……

一晃，慧炎也有 30 岁了。

那夜，官兵围剿东山匪徒，枪炮声震天动地，可青灯旁的慧炎心里依然很平静。

哐当——门开了。慧炎提灯去看。

进来的是身负重伤的二虎，后面似乎还有官兵的追赶声。

二虎跪在地上连连求救。

“好，闭上眼睛，来吧。”

二虎闭上了眼睛。一会儿，觉得头皮上凉凉的，接下来似乎有一片片头发落下。

“高,让我削发,好骗过后面的官兵。”二虎心里滋长着生的希望。

二虎睁开眼，傻了——自己已坐在了火海之中，身旁的慧炎双手合十，宛然一尊佛像。

那火，烧了整整一夜。

（原载《小说月刊》2011 年第 10 期）

风　水

人人爱风水，人人求风水，然而在看破风水的风水先生的眼里的风水又是什么呢？读《风水》，看透世间风水。

一条黄土小道逶迤在荒山野岭之间。

那时正值酷热的三伏天，一点风声也没有，只有鸣蝉在树梢上享受着盛夏的豪华，发出震天的呐喊。

顶着火毒的太阳，小路上一前一后来了两个人。前面的，穿着一身雪白衣褂，瘦削的脸上架着副眼镜，像名先生；后面的，只着一件短裤，裸露着黑红的身体，活脱脱一尊浇铸的厚重青铜器，准是个庄稼汉。

“吴先生，求求您了！也给俺家看看阴宅、阳宅吧……”后面的庄稼汉不停地哀求着。

哦，前面的原来是名风水先生。

这庄稼汉也够执着的。从河北沧州地界一直跟到山东沂蒙山区。先生坐着，他站着；先生走着，他追着；先生住店歇着，他就在店门口等着……

几百里了，风水先生竟没有甩掉庄稼汉。

庄稼汉不敢让风水先生走脱，——那可是他今生今世乃至后世荣华富贵的依靠呀！

庄稼汉至今还记得五年前的事。

那是个春日的傍晚，庄稼汉在东家老爷家里听到了风水先生一番让他终生难忘的高谈阔论，虽然他一句也没有听懂。

“府上阴宅处‘帝墟’地，左青龙，右白虎，前朱雀，后玄武。然美中不足：朱雀不畅，玄武不阔。要想至善至美，非扩远朱雀，拓宽玄武不可。阳宅吉凶，由门而定，贵府门走东南，那么，西南为五鬼，西方为六沙，东北为绝。此三处为凶地，不可扩增……”

先生得了100块大洋，走了。

五年来，东家老爷家果真人丁兴旺，财源滚滚；而庄稼汉依然一贫如洗。

人家阴宅、阳宅经名人点化过，占的都是风水宝地，怎不富贵呢？庄稼汉对此深信不疑。

不久前，庄稼汉在镇上又见到风水先生。

庄稼汉忙筹集两块大洋请求先生给自家看看阴宅、阳宅，先生不依；庄稼汉外加三间破草房，先生还是不依。情急之下，庄稼汉只好用“形影不离”来感化风水先生。

天上没有一丝云朵，空气里似乎能明晰看到太阳射来的一枚枚利箭。先生爬上一面高坡，气喘吁吁，汗水涔涔。看看身后牛似的庄稼汉，先生索性躲到一棵大树荫里歇息。庄稼汉傻傻地看着对自己不屑一顾的先生，再想想荣华富贵就与自己一步之遥了，一股不可抗拒的冲动猛地袭上了心头。

“扑通”一声，庄稼汉重重地跪在了风水先生面前。

“别——别——”风水先生忙上前搀扶庄稼汉。

“您不给俺家看阴宅、阳宅，俺就跪死在这里！”庄稼汉显得很倔强。

“兄弟，五年前在你东家那里我都是胡诌瞎编的！你怎么这样迷信呢？你仔细想想，我指点让他做的这些事，到底对谁有利？

他家把那小溪扩远了，使得更多穷人家的地浇上了水；那小路拓宽成大马路，方便了行人。我还听说，他们家为了扩建自家的院落，要强买西南、正西、东北三家的老宅子，所以我用阳宅之说制止了他……

人活着靠自己，死了就是一捧黄土，哪有什么阴宅阳宅呢？至于你们东家这五年来的兴旺发达，与房子、坟地没任何关系。要真有风水宝地的话，我能留给别人吗？”

庄稼汉挠着头皮站了起来，继而会心地点了点头。

“哦，原来我们东家老爷竟这么傻！”庄稼汉平生头一回敢这么想。

（原载《天池小小说》2009 年第 5 期）

家　门

儒雅的陈老爷最瞧不上他顽劣的三少爷，可当三少爷横尸荒野后，他竟然说出："儒雅"顶个屁用！世上有谁肯信仁义道德那些鬼话！

小镇不大，成日里沐浴孔孟儒雅之风，人们也就越发深谙礼仪。要说知书达理，还得数镇西头的陈老爷家——人家代代通诗书，辈辈出秀才，就是院子里跑出来的小狗小猫也知道个谦恭谨让。

这好名声传到陈恭谦老爷这辈，似乎有了危机，因为他家三少爷不像个"善良之辈"。

陈家三少爷是肩阔腰圆的二姨太生的，取名蟠儿。也许是遗传了他娘的基因，这陈蟠儿出生后便铆足了劲地长，七八岁的孩子竟长得跟半大牛犊子似的，且喜好打斗。眼见得到了入学年龄，家人将他送到塾堂，不到半晌，便有同塾堂的孩子哭着到老爷堂前告状——不是抢了人家的东西，就是踹了人家的屁股，如此种种，大伤陈老爷脑筋。

最让陈老爷不能容忍的还是蟠儿的粗言秽语。这孩子没有丝毫的容忍之心，只要不合自己意愿，张口闭口"揍他"；倘若遇上挚友来访，宾客临门，院子里冷不丁冒出来句"揍他"，很是让以恭谦著称的陈老爷尴尬不堪。

陈老爷家法甚严，蟠儿的种种恶习自然少不了受到惩罚，即使被打得皮开肉绽，血肉模糊，他那句"揍他狗日的"仍能脱口而出。二姨太哀叹道：这孩子，看来是没救了。

少年不知愁滋味

镇东头的老秀才经常到陈府跟老爷谈经论道，每每谈到古代先贤雅士，陈老爷定会责骂他那孽障幡儿，说有辱陈家书香门第，说自家家门不幸，说这腌臜货还不如死了好……

微湖西闹饥荒的那几年，湖西的马子（土匪）便坐船来湖东架大户。在一个月朗星稀的夜晚马子们进了陈家大院。马子头发话了：陈老爷子万贯家私也该救济一下咱湖东的这些落魄户了——三千大洋，少一子儿也别想活着回来！湖西马子架走了陈老爷，陈府上下一筹莫展。陈家大少爷请来老族长，老族长战战兢兢道：盗亦有道，筹备三千大洋赎人吧！正当大家为筹集赎金焦头烂额时，陈老爷子竟回来了，且满脸怒气，似乎在骂着什么人——

罪恶，老陈家的罪恶呀！整整三条人命账，全记在咱老陈家了！孽障！老陈家的孽障！众人一头雾水。

后来大家才知道：陈老爷子被架当夜，幡儿便火速召集了湖东沿岸豪杰数十人，埋伏在马子必走码头；当马子们一踏上码头，幡儿他们骤然出击，不仅劫走了陈老爷子，还击毙马子喽啰三人。那天，“揍他”的粗野吼声不绝于耳。

陈老爷子让幡儿在陈家祠堂跪了三天三夜，末了，拿出一千大洋——分给你那些狐朋狗友吧，让他们也好放下屠刀立地成佛！

自从伏击马子后，湖西马子再也不敢上湖东骚扰了，可陈老爷子却不以为然，仍旧把幡儿一伙视为地痞流氓，骂幡儿是不可救药的孽障；还说，即使对待湖西的马子也要以礼相待。

不知从什么时候起，湖东兴起了“丐帮吃大户”。身着破衣烂衫的丐帮帮主拜访了陈老爷子，说本地三千丐帮兄弟缺吃少穿，望陈家能积德扬善，救济些钱粮。救济钱粮的数字从上午商议到傍晚，未能达成一致。忽然间，猛听得屏风后一声怒斥：哪有上门讨要的乞丐，还要讲价钱的？不行，就揍你！帮主雷霆大怒，当夜亲率数百乞丐围住了陈府。陈老爷子无奈，只好答应了丐帮所有要求。

送走了那些丐帮弟子，陈老爷子又是好一番责骂幡儿，说他是成事不足败事有余，说他是缺心少肝一根筋，说他是败落老陈家的灾星……

湖东乞丐依然多如牛毛，帮派森严，可骚扰陈老爷子家的事端再也没有发生。陈老爷子对此大加称赞道：就连乞丐也有羞恶之心，哪能受嗟来之食呢？不像我家那孽障不懂待客之道……家门不幸哪！家门不幸哪！

幡儿是在与邻村争夺湖边滩涂地时被飞起的鱼叉击中头部丧命的。当庄客们将幡儿尸身抬到陈老爷面前时，他一下子昏厥过去。

我的幡儿呀，没有你谁来支撑咱老陈家！谁来保住咱陈府的脸面！醒来后的陈老爷呼天号地悲痛不已。

老秀才闻此噩耗也前来安慰：天有不测风云，请老爷节哀顺变还有那两位儒雅的贵公子，他们文质彬彬，知书达理，以德服人……

“儒雅”顶个屁用！世上有谁肯信仁义道德那些鬼话！陈老爷歇斯底里哀号道。

老秀才不禁打了个寒战，迷惑地注视着悲痛欲绝的陈家老爷。

（原载《济宁日报》2013 年 1 月）

命里有的

这一切都是命里有的吗？少爷一句话道出缘由：“爹，旺儿，哑巴贤妻！你们的大恩大德等我来世再报吧！……当年，我把一包火药投到泥炉里！……我的眼睛跟你们家没有任何关系呀！”

八岁那年，少爷瞎了一只眼。

那天中午，少爷从书塾回家吃饭，见自家豆腐坊师傅豆腐张的儿子旺儿正在院子里烧他的泥炉——泥炉是旺儿用红泥捏的，比大人们使用的也小不了多少。泥炉里翻滚出阵阵黑烟，呛得旺儿和他的哑巴妹妹直咳嗽。

“你两个闪开，看我的！”少爷推开旺儿兄妹，虾腰鼓肚，猛往泥炉通气口里吹气。还真不含糊，一阵浓烟后，竟有些小火头，接着是一阵毕毕剥剥，火苗子猛地窜出炉口。

“怎么样？旺了吧！我再让你们瞧个稀罕！”少爷说着，抱了些碎木屑压在火头上，随即又一阵浓烟喷出。顷刻间，少爷也两眼噙泪起来。

“我就不信爆不旺你！”少爷再次虾腰。“嘭——”，一声巨响，少爷手捂眼睛，喊叫声撕心裂肺。

豆腐张闻声赶来，抱起少爷就往村里外科郎中家跑，嘴里不停唠叨着：“旺儿，你这个孽障！我可怎么向老东家交代呀！……”

少爷左眼终究没有保住，可东家老爷对豆腐张没有一句怨言。

豆腐张说：“东家，我……”

“这是他命里有的，不怪俩孩子！”东家老爷很淡然。

豆腐张说：“俺以后就当……”

“你给我做豆腐，我付给你工钱，咱谁不欠谁的！”东家老爷脸上写满了严肃。

东家老爷夫妇是抗战胜利那年过世的。临终前，东家拉着豆腐张的手说：“咱这豆腐坊，要不，你就买过去吧——不要现钱，每年给些，别让俺那‘半瞎子’饿着就成！……”

豆腐张扑通跪地，拉着东家手说：“东家，您放心！豆腐坊永远是东家的豆腐坊，俺保证少爷永远能过上少爷的日子！”

土改工作队进村那阵儿，少爷20岁。一天，少爷被通知到村公所开会，这可急坏了豆腐张，忙陪着前往。

土改工作队领导向豆腐张解释："他（少爷）一人占那么多生产资料，成分应是地主。"

"豆腐坊和那几十亩山岭薄地都是俺家的！他是俺未过门的上门女婿！——五口人，仅这点财产，怎么讲也成不了地主！再说，俺可是苦大仇深的贫农！"

这可难住了土改工作队，经过反复研究，最终给豆腐张定了富农成分。

村里人都说，这豆腐张真糊涂，当了大半辈子长工，到头来竟弄了顶富农帽子！豆腐张听了反倒挺乐观：这是咱命里有的，脱也脱不了！

招个半瞎子女婿，惹来顶富农帽子，在那时绝对是个爆炸性新闻。少爷结婚那天，全村上下都来看个热闹，但见豆腐张，糖块散了一包又一包，脸上那老褶子从来没这么舒展过。

从那以后，少爷改口豆腐张叫"爹"，可豆腐张仍叫他"少爷"。那天，做了大舅哥的旺儿当着老爹的面叫少爷的乳名，被豆腐张骂了个狗血喷头："你这不知天地伦常的孽障！他的名字也是你能叫的？……"

旺儿长少爷两岁，也到了谈婚论嫁的年龄，豆腐张便央求村里媒婆四处提亲，结果却是连连碰壁；又过了三五年，豆腐张再次央求媒婆：女方有点残疾也不要紧，能传宗接代就成！哪知，媒婆竟当头泼了豆腐张一盆冷水：谁家的闺女愿意跳到您这富农家火坑里？

时间就这样无声无息地过着，眼见得旺儿也到"小四十"了，仍是光棍儿一条。一天，旺儿抱怨爹："咱老张家的烟火让俺这金贵的少爷妹夫给葬送了！"哪料豆腐张听后竟火冒三丈："东家老爷在风雪之夜收留了咱全家，咱非但没能报恩，还让少爷瞎了一只眼睛，咱做的这点，能算啥！再说，光棍是你命里有的，不能怪少爷！”

做了富农女婿的少爷，整日里大门不出，二门不迈，闷在家里独眼品读他的那些圣贤书，久了就满嘴里之乎者也，再以后就咿咿呀呀唱；哑巴妻子跑前忙后，端茶倒水，没有半句怨言。

街坊邻居背后都说：这少爷在豆腐张家里还是少爷！

“文革”结束那年秋天，豆腐张撒手西去。三个已华发满头的中年人在一个悲风愁雨的日子里安葬了老人。又三年，少爷患上不治之症，直到家里再也借不到一分钱时，少爷才迟迟闭上双眼。哑巴妻子服侍少爷三十年，竟没生下一男半女来。

少爷丧事很隆重，因为旺儿兄妹狠心卖掉了土改时分的三间旧瓦房。

料理完后事，旺儿在少爷的书箱里发现了个红布包，打开后，竟是一张墨迹斑斑的字片，旺儿凝神端详起来。

那上面分明写着——

“爹，旺儿，哑巴贤妻！你们的大恩大德等我来世再报吧！……当年，我把一包火药投到泥炉里！……我的眼睛跟你们家没有任何关系呀！”

旁边的哑巴妹子不解，哇哇地喊着哥哥，想了解详情。

旺儿一脸凄然，口中喃喃自语——

“妹妹，没啥，这是咱命里有的！命里有的！……”

（原载《济宁日报》2013 年 3 月）

消　失

一切恩怨又消失了，什么原因？听村主任说：我哪里是什么七擒七放孟获的诸葛亮，咱们新上任的县长才真能算得上治国安邦的诸葛亮呢。

靠山吃山，靠水吃水，赵庄地处微山湖南岸，靠的自然是水。湖里的鱼鳖虾蟹，岸边的千里芦荡，在渔人眼里那可都是红通通的百元大钞；更诱人的还是那一片片湖边滩地，撒点种子，不施肥，不侍弄，来年便成粮仓。

可这些财富也不一定百分之百是自家的，离这儿不远的小李庄就是外省的辖区，而两省之间在这地儿根本没有明确的法定界线。两村之间为争水域争滩地自古以来就械斗不断，伤亡事件时有发生。

赵庄的前几任村主任都在激烈的械斗中赢得了尊严而光荣退休。而今，历史的重任落到了素有“拼命三郎”的新任村主任赵大郎身上。

赵大郎是在“五月人倍忙”间走马上任的。此时的滩头湖地真是小麦覆陇黄，处处飘清香，看来，今年的“三夏”生产又免不了一场激烈的械斗。

赵庄的村民心中似乎更有底。因为往年赵庄的“军事力量”稍大于小李庄，在争水争地中占些便宜；今年又有这“拼命三郎”的村主任，占大便宜是打包票的喽。

正当村民们“磨镰霍霍”准备向麦田时，大郎被通知到县里开会。后来，大家听说县里来了新县长，是原市党校校长，很有学问的。大郎一去就是三天，这可急坏了大伙，两军对垒没统帅咋行？

大郎终于回来了。他气没顾上喘上一口便单枪匹马去了小李庄。——还是咱村主任硬气，没开镰先给对方个下马威，村民们都这样想。

晚饭时分，村里广播喇叭响了起来，大郎的男高音便飘荡在小村上空——

各位村民请注意，今年麦收绝不能像往年那样，动刀动棒，抢收强种。今天中午我去了趟小李庄，跟人家的支书村主任交涉了一下，——人家很热情，很乐意跟咱谈。——大家也知道，咱两村之间也曾有过分界线，虽不是法定的，但的确是咱老祖辈们同意的；只是这些年来，咱的皮锤硬了，这界线不算数了……今年咱就以老辈定下的“鳝鱼沟”为界，谁敢动沟东的一粒小麦，别说我赵大郎发点豺狼的脾气……

大狼一语既出，村子里炸开了锅。

“沟东俺还有1亩地呢。”“光你？俺一亩还多哩。”东家西家如是说。

“小李庄还不知给他多少好处呢？熊汉奸！”“还用说，你什么时候见他服软过。”张家李家如是说。

“你看人家前任村主任，为了领着咱抢地，腿都被打瘸了。”“还有老村长，硬被打昏倒在地头上。”东邻西舍如是说。

没法，那“拼命三郎”谁敢惹？豺狼当道，也该咱赵庄“亡国”！

人们平静地割麦，平静地喝水，平静地将一车车麦子往家里拉，总之，整个麦季很平静。地头上少了土枪、土炮、大刀片子、红缨枪，往日那划破长空急促的警笛声今年淡出了人们的耳膜。

小麦颗粒归仓后，人们又忙开了夏种。

鳝鱼沟本是条宽不到两米的小河沟，是往日两村的主战场。而今，沟东沟西的渔民历史性地可以在同一蓝天下面对面来个略微拘谨的微笑。这滋味不赖，村民们心里想。

微笑，打招呼，让烟让茶，田间唠唠家常……祖辈共饮一湖水，这心还是很容易贴近的。

“往年这阵子的医药费可是个不小的数目，今年省了。”“今年的心特踏实！”“虽是两省，但也是一乡人，手心手背争个啥？”村民们相互劝导着，庆幸着，似乎忘记了比往年少收的粮食，淡薄了那卷卷红通通的钞票。

湖里一下子变得井然有序，湖边滩地也那么和谐安然。漆黑的夜晚，似乎能听到两村青年男女热恋中的窃窃私语。

村里没有再骂“汉奸”了，大郎很开心。

秋收冬藏，日子一下子到了年底。这天，大郎又被通知到县里开会。

等到大郎开完会，已是年二十八。他收藏好“湖区十佳村主任”荣誉证书和奖品匆匆往家赶。

老远看见自家门口围了好些人，大郎心提到了嗓子眼。近了，响起了阵阵掌声，大郎心里更发毛。踏到家门口，原来大家在欣赏自家门框上的对联。大狼也抬起了头——

上联：智放谋放诸葛亮

下联：仁让义让赵大郎

横批：共同发展

哈哈，这又是“老三国”的杰作，我哪里是什么七擒七放孟获的诸葛亮，咱们新上任的县长才真能算得上治国安邦的诸葛亮呢。

大郎脸上笑开了花，比他胸前戴过的那朵还要红，还要大。

（原载《济宁日报》2008 年 3 月）

名 分

阿姊死不瞑目，但当将军老伴说出，“妹子，快起来！咱都是林家好儿媳，都是……”话犹未尽，阿姊就闭上了双眼，溘然长逝。

听说老家阿姊病危，年迈的将军忙挈妇将雏驱车来到那个他曾经生活过十年的小山村。

阿姊其实不是将军亲阿姊，是将军当年的童养媳。

那年，还是孩子的将军，听说村里来了戴五角星帽的队伍，便飞跑去看,末了悄悄跟队伍北上了,急得童养媳擦眼抹泪了好些日子。当将军再次来到小山村，早已过而立之年。当年孤身一人出走的他身后却多了位年轻俏丽的妹子。面对在家替自己养老送终而今仍孤身一人的童养媳，将军和那妹子双双跪地，深深叫了声：阿姊！

阿姊眼睛睁得大大的，眼珠却灰蒙蒙没有了神色和光亮。她静静地躺在病床上，只有鼻孔还有些微弱的气息。病床前站满了她远道而来的亲人。

“姑奶看来有什么大心事，要不怎会临死都不瞑目呢？”站在人群外围的孙子说。

“你姑奶 8 岁来到咱林家，到今儿整整 80 年。我投身革命后，她在家受苦受累替我养老送终，最终还是孤身一人，连个后人都没有！今儿我决定了：把林山（将军儿子）过继给阿姊，随阿姊娘家姓氏。”将军说。

病床上的阿姊静静地，一动不动。

“不是！姑姑 8 岁就和爷爷奶奶生活在一起，几十年相依相靠，不离不弃；她老人家该不会是要求我们一定要把她和爷爷奶奶安葬在一起！”儿子林山说。

病床上的阿姊静静地，一动不动。

“不是，姑姑一生勤劳节俭，我们以往送她的一些奢华东西她动都不动；她老人家该不会是要求我们对于她的葬礼一定要节俭，不要奢华！”儿媳说。

病床上的阿姊静静地，一动不动。

“不是，姑奶一生最擅长女红，缝织绣刺，样样精通，连我们都曾穿过不少姑奶制作的衣服；她老人家该不会是要求我们把她用过的那些针线工具给她带上吧！”孙媳说。

病床上的阿姊静静地，一动不动。

“不是，姑奶一生别无嗜好，只是吸些旱烟；她老人家该不会是要求我们把她的旱烟袋给她带上吧！”孙子说。

病床上的阿姊静静地，一动不动。

……

众人议出了好些理由，可阿姊仍眼睛睁得大大的，一动不动。

在最里层，将军老伴林婉儿静静站阿姊身旁。她弯下腰，手握着阿姊的手听着众人的议论，一言不发。

忽然，林婉儿放开阿姊的手，后退一步，双膝跪地，大声喊道——

“姐姐，侧室林安氏向姐姐请安啦！”

此刻，病床上的阿姊好像吃了什么灵丹妙药，一时得了神通，木讷双眼猛地积聚了光彩，炯炯有神起来。更让人不敢相信的是，阿姊咕噜坐了起来，双手举起，喉管里竟有了声音——

“妹子，快起来！咱都是林家好儿媳，都是……”

话犹未尽，阿姊就闭上了双眼，溘然长逝。

（原载《颍州晚报》2009 年 9 月）

荒年婚事

荒年荒唐事，他娶了个乞丐老婆。一日，一老人来访，那老人不是别人，是荒儿的外公，也是我们县新上任的县长。

1961年初秋的那场大水，让微山湖两岸的农田顷刻间变成了水乡泽国，腐烂的庄稼秆洒满了整个湖面。当地基层的党员干部们一夜间愁白了头。

人们只好吃鱼，吃水藻，吃蒲茳，甚至吃水中腐烂的秸秆。大雁南去，白露为霜，可下口的东西越来越少了。一入冬，气温骤降至零下10℃，偌大湖面被一张巨冰封盖得严严实实——人们最后的那点希望也随之烟消云散。为筹集粮食，基层党员干部们上下奔波，怎奈天灾人祸区域较广，他们即便把脚底磨穿，也无济于事。

一根棍子，一口破碗，乞讨大军席卷微山湖北的峄（山）凫（山）山区。

在这支乞讨大军中，蹒跚着一个围白纱巾的女孩，特醒目。女孩身着红毛衣，绿棉袄，青色棉裤。白皙的面色和这不土的打扮，让人读不懂她的真实身份。

女孩终于来到了一个冒着缕缕炊烟的小村庄。

小村各家的门闭得紧紧的——她知道，先头的乞讨大军一定让山村每家人心有余悸了，毕竟这山里的人家也只是勉强不至于挨饿。“大娘、大婶”叫了几家门，里面应都没应一声。她有些绝望，咕咕叫的肚子更让她恐慌。她漫无目的在大街上走着，用扩大的鼻孔摄取着空中甜甜的地瓜味，这似乎能减轻些饥饿。

她终于发现了一户没关大门的人家，赶忙快步走进这家的院落。院子里静悄悄的，弥漫着中草药刺鼻的苦味，几只鸡正啄着瓦盆里的食物——汤水拌谷糠。

对“被拒绝”的极度恐怖，让她匆匆从袋子里掏出那口破碗；轰开那几只鸡，舀了满满一碗鸡食，转身大口大口吃了起来。

“闺女，那鸡食不能吃！倒了它！”一位踮着三寸金莲的老太太忙制止了狼吞虎咽的女孩。

女孩跟老人进了屋子。

那是三间草屋，东间被秫秸屏障隔开，中间和西间相通在一起。西间北面有一张床，床上披衣坐着个年轻的后生，脸色苍白，无精打采的；床前有个土制的小炉，药味正是从炉上的砂锅里飘来的。屋子的南面堆了一堆地瓜干，还不小的一堆呢。

“闺女，趁热吃吧！”老人从炉里扒出块烤熟的地瓜，递给了女孩。

女孩顾不上谦让，揭开了一层薄薄的焦糊皮，忙往嘴里送。半年多了，竟没饱过肚子……可怜的女孩！

吃完烤地瓜的女孩，站在屋子中间，两眼直瞅那堆地瓜干。

“孩子，别瞅了，那是俺娘俩大半年的口粮呢；娃子还有病，难着呢！”老人无奈地说。

女孩没有动，把头低了下来。

“孩子，要不，再给你几个地瓜？”

女孩仍没动。

“娘，就给这妹子些地瓜干吧，瞧把她饿得……”床上的后生对老人说。

“行！孩子，拿你的袋子来，大娘给你装上一些。”

女孩依然一动不动。

“大娘，我在您家……当媳妇……行不？”女孩声音很低，可娘俩听得清清楚楚。

“不行，我这肺痨根子，绝不能祸害人家！”后生悄悄跟老人说。

“孩儿，这可是个讨老婆的机会。咱村讨这样的媳妇（从湖边饿过来的女人）的已经10多家了；瘸子吴老二，40好儿的人了，还讨了个湖边闺女呢。”老人悄悄跟后生说。

“不行！咱这不是坑人家吗？良心上过不去呀！”后生喃喃连声。

“我是自愿的。我家里没什么亲人了——娘和弟弟饿死了，爹都三年没顾上照应家了——您要不收留我，说不准哪天就饿死在……”女孩竟跪在地上。

两年后，身体康复了的后生终于跟他们收留的女孩结了婚。

又一年后，一条鲜活的生命降临到这户人家，取名叫荒儿。

荒儿不是别人，是长我10岁的堂哥。

1979年春天，我放学回家，远远看见堂伯家门口停着辆吉普车，便好奇地进了堂伯家。

堂伯家里来了个陌生的老人，花白的头发，脸也挺白的。堂伯母和那老人都哭得泪人似的。

那老人不是别人，是荒儿的外公，也是我们县新上任的县长。

（原载《邹鲁作家》2013年6月）

风水落

原本上好风水，竟然被乞丐占有。多少年了，老人们不断絮叨着：那前来启坟的年轻人是当朝驸马。秘密迁坟是为了掩盖自己的卑贱出身。

老家村南有个叫风水落（lào）的地方。听老人们讲，这地方还有段离奇的故事呢。

先前，村里有一户乔姓大财主。乔家五顷来地，百十头牛马驴骡，外加酒坊、油坊。这家业，就在十里八乡都是响当当的。

乔员外最忌讳别人背后叫他“土财主”。这一“土”，就意味着上层社会没人，就意味着孤陋寡闻、粗俗、不雅致，用现在话说就是家里没关系、人没气质。

从乔员外曾祖父那代起，就力图摆脱这一“土”字：不惜重金聘请饱学之士，来教导乔家子弟。可惜“落花有意，流水无情”，英才少年没出一个，酒囊饭袋却论堆数。

有人说，乔家祖坟没那把蒿。

这话传到乔员外耳朵里，他非但没有生气，还啧啧连声：对，对！咱祖坟的风水不畅亮呀！

大彻大悟的乔员外遂带金银无数去了江南。

员外在江南一待就是半个多月。他通过多处走访，从一百多阴阳先生中精心挑选了一位号称“江南第一神”的先生。

主顾双方商定好价钱，选定吉日，船移车转，不几日便到了我们村。

先生在我们村溜达了足足有一个礼拜：村前的沟沟坎坎，村后的藤藤木木，东山的鞍脊谷峪，西山的陵巅岫穴，全让他看了个遍，研究了个透。末了，先生八字须一翘，说出了三字：就这里！

先生指的就是今天的“风水落”。

这地方，我们乡人称作“玉带田”。由于西山有眼“不了泉”，泉水宛若一条玉带由西向东绕此田而流入水库，故取此名。又由于泉水的滋育，“玉带田”正北茂生一片树林，高大挺拔，郁郁葱葱。

先生竹节般手指在空中划来划去，口中念念有词：前玉笏（树林），腰玉带（“玉带田”），左青龙（村东山绵延悠长，宛若游龙），右白虎（村西山孤立一座俨然蹲虎），天下奇少风水宝地……

乔家上下欢天喜地，敬先生为神人。族人商议：翌日，搬迁祖坟。

当晚，杀猪宰牛，大摆宴席款待先生。

事儿就这么巧。

当晚，乔家来了三位不速之客：夫妇两个和一个十来岁的男孩。原来，这家人原本去北地投亲，投亲不着，又缺了盘缠，只好行乞返乡，不想路过此地，正赶上乔家大宴风水先生。

原本善良的乔家人，今个儿找到如此风水的林地，更加热情好客起来：不仅让这家人住下，还把那宴席上撤下的大鱼大肉纷纷端来。

这家人已饿了三天，哪料今日有这等口福，便敞开肚子吃了起来。没一袋烟工夫，那几盆菜，被风卷残云间得不见了踪影。

突然，男人感到腹中不适，就让老婆孩子扶他上炕。不一会，男人腹中一阵阵剧痛，疼得他直在炕上翻滚，最后竟没了气息。

母子两个商议：人家喜庆寻着风水宝地，如今在人家这里死了人，多不吉利，连夜走吧。

母子两个架着男人尸首，悄悄离了乔家。

黑暗间，娘俩过了一小溪。

娘说：孩子，把你爹就葬在这里吧。等咱有了钱，再把你爹骨骸迁走。

娘俩黑灯瞎火找了些树枝木棒，挖了个扁长深坑，把那男人埋了，且在土丘上放了好些碎石杂草，以免被人发现。

娘俩做完这一切，已东方欲晓，忙启程回乡。

第二天，乔家把祖坟迁到“玉带田”，仪式相当隆重。

可往后的日子里，乔家子弟依然平平庸庸，没有出才人的丝毫迹象。

20 年后的一天晚上，一中年男子领数十随从来到乔家。那男子说明来意：先前有一老人葬在贵处，今夜想把老人骨骸迁走。

已 80 多岁高龄的乔员外，看着这些虎背熊腰、面容冷峻的不速之客，也只好应允了。

第二天，下人报知员外：在祖老爷（乔员外祖父）头顶处现一深坑。

落了，落了，风水落给人家了。乔员外当场昏死过去。

听老人们说，那前来启坟的年轻人是当朝驸马。秘密迁坟是为了掩盖自己的卑贱出身。

后来，“玉带田”遂改名为“风水落”。

（原载《邹城大众》2006 年 11 月）

第四辑　童年记忆

课堂上，从鲁迅先生的《从百草园到三味书屋》到清文学家沈复的《童趣》，我们学习了许多文学大家童年的故事；作文课上，从小学的《一件难忘的事》到中学的《童年记趣》，我们写过好多回关于童年的作文。童年是五月的麦香，厚浓醇郁，令人难以忘怀。

大黄犍的葬礼

孩子们的丧礼开始了：二狗子号叫着踩断了那玉米秆子。这时候，十来米外也响起了“嗤嗤”的割肉声，很刺耳！

那天中午，二狗子流着泪告诉我们：咱们的大黄犍死在台子田了……

大柱子、三茄子、四猴子和我二话没说就往台子田跑，边跑边朝跑在最前面的二狗子喊——二狗子，你敢骗我们，你就是那大黄犍的孙子！

那时，我们五个还没入学，正是满坡里疯跑的野孩子。

台子田是村南一块胶泥地。那黄胶泥地，涝时一盆浆子，旱时一块生铁蛋子，今秋又恰逢天不落雨，耕那铁板地也真够牲口们受的。

远远看见台子田里围了一大堆人，隐隐约约听到队长在里面说些什么，我们跑得更快了。

我们从人群外鱼般往里挤，终于游进了最里层。

哇——

最先挤进去的二狗子一屁股坐在地上大哭起来。

天，我们的大黄犍真的死了？

小山似的躯体静静地躺在它刚刚犁过的土地上，四条粗壮的腿坚毅地向天空指着；眼睛睁得老大，似乎还渗着泪珠；一些黏黏的涎液流得满嘴都是……

天，我们的大黄犍真的死了！

我们五个孩子跪在地上抱着大黄犍大声哭着喊着，任凭周围的人怎么劝就是不起来。

张屠夫拿刀来了，都让开！人群外忽然有人喊。

把几个熊孩子弄走！别误了咱晚上分肉。队长有些生气了。

几个虎背熊腰的大人把我们抱出人群外，我们随即又哭着钻了进去。五次三番后，队长摸过明晃晃尖刀对着我们嚷——再胡闹，就杀了你们！

我们怕了，在离人群十来米的地方骂“队长不得好死”、“张屠夫不得好死”。

咱们给大黄犍发丧吧！像我爹给我奶发丧那样。年长一些的大柱子突然停住了咒骂建议道。

好！我们四个异口同声叫了起来。

谁当大黄犍的儿子？大柱子问。

我当！二狗子抢先应了下来。

我也当！四猴子也答应着。

说说理由。大柱子俨然一法官。

那年，俺在水库边上摸鱼，不小心滑了进去。那时候一个人也没有，要不是来喝水的大黄犍救俺，俺这小命早没了……二狗子竟说得鼻子一把泪一把。

大黄犍也救过俺的命。四猴子也不示弱。

不错，四猴子的确被大黄犍救过。那年秋天，我们几个跟在犁铧后拾地瓜，那是人家收获时不小心遗留在地里的。由于四猴子年纪小跟不上犁铧，就到还没耕到的地块上去找。那次“领颡”（耕地一架牛中控制方向的牛）的就是大黄犍。三头牛在犁把式的指挥下不紧不慢一趟一趟地犁着。突然，大黄犍像发疯似的猛地向右拐，犁把式紧拽耳绳（绳子拴在牛耳上，以便人控制犁地方向），猛打鞭子，还是纠正不过来，就这样一条直直的犁沟出现了个圆弧，宛若瘦女人胸前的乳房，当那“乳房”呈现在犁把式面前时，他惊呆了——那“乳房”上蹲着早已吓傻的四猴子！

要不，你们两个都做大黄犍的儿子吧。大柱子庄严宣布。

剩下我们三个，要么称大黄犍“伯伯”，要么称“叔叔”，反正都沾亲带故。

我们把褂子扎在头上，算是给大黄犍“戴孝”，捡了些枯树枝当“哀桩子”，又粗着嗓子哭了起来。

想着春天里我们在山坡上与大黄犍嬉戏，夏天里和它一起在池塘里戏水，秋天里跟在它屁股后面拾大块地瓜，冬天里看它在牛屋里有节奏地吃草……可它，我们的大黄犍，不会再陪伴我们了……

我们都哭哑了嗓子。

二狗子，该给你大喊路了。大柱子停住哭泣提醒道。

对！二狗子恍然大悟，忙在附近的地里找了根长长的玉米秆子，搭在高高的田埂上。

牛大——下西南——

二狗子号叫着踩断了那玉米秆子。

这时候，十来米外也响起了“嗤嗤”的割肉声，很刺耳！

（原载《中国当代经典动物故事》2011 年 9 月）

双城岭历险

在那惊心动魄的日子里，我们特害怕大胡子，不仅是他长得高大威猛，长有一张张飞似的大胡子，更因为他是这里的头儿……

那年头，打下的粮食勉强喂饱人的肚子，收拾起来的农作物秧藤勉强喂饱牲口的肚子，而家家户户的锅灶的肚子该又咋办呢？人们想柴火都快想疯了。

从我们村向西翻越一座大山，就是著名林区“双城岭”，那里纵横着十八岭，生长着五万余亩优质松柏林。那松柏树枝烧出来的火，愣硬愣硬的，能烧化铁。

打“双城岭”松柏树枝主意的也只有那些穿山越岭如履平地的高人们，因为相传“双城岭”的护林“大本营”里有好多凶神恶煞的护林员和凶如虎豹的大狼狗。

生产队被解散的第二年，不知是谁打听到了这么一个好消息——林区要换人管理了；原来的护林员走了，而新护林员还没到。

果然，第二天就有好多人扛来了成捆成捆的松柏枝。娘和邻居二婶看到人家锅底头那呼呼的火苗，不免有些垂涎三尺，便怂恿我和郡国（二婶的儿子）也上山砍些来。

那年，我和郡国在村里上小学四年级。

一个星期六的中午，我们撂下书包，揣着绳索，握上镰刀，挟着煎饼水壶，急匆匆上路了。

“双城岭”的那些沟沟坎坎我们早就去过了，当然不是砍树枝，是春末夏初时扒全蝎。

爬山对山里的孩子来说就是游戏，说话间，我们便进入了林区。

林子里静悄悄的，但这里肯定喧闹过，你看，好多树都被拦腰斩断，露出白森森的筋骨，无休止地流着晶莹的树脂。

我们没有砍树头颅的能力，就是有我们也不愿意。我们在林子里捡了些别人丢弃的树枝，砍了些我们够得着的枝蔓；约莫着也有不少的两捆了，便扔下镰刀，准备打捆。

“别跑！”

林子里忽然钻出了一个大人——个儿不高，胖胖的，黑脸膛，袒露的胸背上还沾有好些柏树叶子，脏兮兮的大裤衩早就被汗水浸透了——旁边跟着条狗，不怎么高大，也不凶。

我们怕极了，大声哭了起来。

那黑胖子并不理会我们可怜兮兮的样子，索性用绳索分别绑了我们的一只手臂，像牵羊一样赶着我们走。在夕阳西下时，黑胖子总算把我们牵到了他们的“大本营”。

他们的“大本营”，坐落在山间的一块平地上，像我们的小学校似的，破破烂烂的几排房子。不过，他们用上电灯了，我在小学课本上见过这东西。

黑胖子把我们交给了一个大胡子，并从大胡子手中接过一张纸币，多少没看清。黑胖子撅着嘴似乎有些不乐意。

我们特害怕大胡子，不仅是他长得高大威猛，长有一张张飞似的大胡子，更因为他是这里的头儿，就像我们村的以前的“革委主任”“民兵连长”，一定凶着呢！

大胡子把我们领进了一间亮着灯的房子。一会儿，他端来了一锅小米粥和四个白面馍，又从抽屉里拿出了一包成品咸菜。哐当，门被锁上了。

我们想哭，但我们更饿。顾不上什么了，先吃了再说。那小米粥滋润可口，只有过年才能吃上的白面馍更不用说了，只是那成包的咸菜，滋味酸辣酸辣的，有些不对胃口。

我们吃过饭，又想到了逃跑，可透过窗子往外一看，四下里黑洞洞一片，又害怕起来。

门又开了。大胡子笑着问：“饱了没？走，领着你俩坏小子看电视去。”

那时那地，我认识了电视——一个方方正正的能出人影的箱子。

那夜演的是《牧马人》——那男的和那女的，惨极了，跟我俩差不多……

那夜，我们和大胡子睡一屋。不过，大胡子的床死死堵着那扇门！

第二天一大早，邻居二叔和父亲火急火燎来到“大本营”，遭到了大胡子一顿训斥，——真没想到他的脾气这么火爆！末了，说了句：“交罚款，领孩子走吧。”

“多少？”

“按规定每人200元。”

父亲和二叔不语。

……

“要不，俺们回家筹筹，俩孩子再在这里待一天。”父亲说。

……

“明天星期一，俩孩子得上学！……你们，你们五块钱总该拿得出吧！”大胡子暴跳如雷。

“有！有！”邻居二叔慌忙应着。

直到我们要走时，大胡子的脸才转阴为晴。

“俩坏小子，抓你们我付了5块钱的工钱；又吃我的酸辣菜，又啃我的白面馍，末了还撒了我一炕腥臊尿……”

原来，郡国夜里由于过度紧张，尿炕了。

（原载《齐鲁晚报》2007年2月）

少年不知愁滋味

该出殡了。大街上人山人海，人们大都眼泪汪汪的。我们鱼一样挤进了最里层，见到了狗剩。他仍旧是白衣白衫打扮，只是手里多了两样东西——一个土盆、一串白幡。

太阳刚一露脸就表现出十足的火气，如雷的蝉声也早早在树梢上演奏起来，又是一个酷热难耐天。

早上的菜团子才咽下去一半，狗剩就火急火燎地跑来喊我去水库游泳。这家伙，黑不溜秋的身子穿着条黑裤衩，跟一条黑狗似的。爹娘对我游泳完全是听之任之，因为像我们这样十一二岁的半大小子，哪个不是弄水的好手呢？

太阳已经升得老高了，田野里一片静寂，除了蝉声，就是远处的蛙声。蛙声愈来愈响，水库到了。

蓊郁的芦苇，粼粼的水面，让满头大汗的我们感到比娘都亲。脱下小裤衩，放到岸边，并用鞋子压住——以免风刮走。突然，我们发现，不远处有个背筐，背筐里还有衣服——也许洗澡人跑到芦苇荡里拉屎去了，管他呢？

我们并不急于下水。撒泡热尿，用手接着，涂在肚脐眼处，来回揉搓——大人们都这样做，说是防止凉水冻肚子。

扑通一声，我跳下了水。可狗剩竟跑到背筐前，转来转去，就是不下水。我大喊："不要做缩头乌龟哟——"最终狗剩还是下了水。

我们在水里游来游去，时而仰浮，像两条漂着的黑鱼；时而踏水，像水面上的两只黑头鸭子；时而来个狗刨，惊得芦苇丛里的水鸟嘎嘎连声。

也不知什么时候，岸边竟多起了人，隐约听到有人喊"这是谁家背筐"的声音。我们正耍在兴头上，没有理会，倒是狗剩没有先前耍得欢腾了。

我们游到芦苇丛里，抓了几只青蛙和几条鱼。我无意间瞟了一下岸边，呀，岸上这么多人！我说，可能出事了，咱走吧。狗剩一声不吭，脸色怪怪的。

游到岸边，我们听清了人们在谈论什么——

"这衣服放这儿也有个把钟头，说不准这人出事了。"

"拿出来看看，是谁的衣服。"

"像是老四的。哟，我想起来了，今儿早上，见他去清水洼打棉杈子去了。"

"那不是他儿子狗剩吗？让他看看是不是他爹的。"

地上有一身大人的衣服：粗白布汗衫，绵腰的大裆裤，一块毛巾，一整套的烟袋烟杆，烟杆上还挂个琉璃猪。

狗剩一见那烟杆，便喊上了，"爹——爹——"

"你爹会水不？"杀猪二叔问狗剩。

"俺爹他不会水，他不会凫水……"

不一会儿，狗剩的娘来了，一见地上的衣服，便昏死过去。一阵千呼万唤，狗剩娘醒了过来，接着"我的人，我的人"地哭个不停。

人们把她架到远处的树阴下。

大人们纷纷脱衣下水捞人：胆大的在深处扎猛子，胆小的就在浅水处乱摸。一时间，整个水库像煮沸了的水，咚咚咚咚冒着水花。包括狗剩在内的我们这些孩子，像一群受了惊吓的土狗，蹲坐在岸边，呆呆地望着水面。

时间一小时一小时过去，大人们没一个懈怠的，坐在岸边的我们这些孩子也一动不动。

又过了些时间，杀猪二叔钻出水面大喊起来——“在这下面！”

几个人把赤身裸体的狗剩爹架出了水面，我看到了一张乌青的脸。那天夜里，我久久不敢入睡，一闭眼，就闪现那张乌青脸。

有人牵来一头牛，把狗剩爹头朝下放在牛背上澄水，可他爹还是一动不动！旁边的狗剩好奇地看着，眼里老早就没了眼泪。

最终，狗剩爹还是撇下这孤儿寡母去了。

接下来的三天，我们几个小伙伴去找狗剩耍，他头戴一条白布，怪模怪样的。见了我们，他先是笑了笑，然后怯怯地看了看妈。他想跟我们一起去耍，被他大伯狠狠骂了一顿。

发丧那天，狗剩一身白袍，腰间缠着麻绳，头上还是盘着那长长的白布条，右手拄着一条缠有白纸条的柳木棍，趿拉白布鞋在街上来回走着，像演戏似的。我们几个小伙伴笑嘻嘻地看着他，他不时用余光看着我们，嘴角不时地动着——那是嘻嘻的动。而周围的大人们眼里满是泪水。

该出殡了。大街上人山人海，人们大都眼泪汪汪的。我们鱼一样挤进了最里层，见到了狗剩。他仍旧是白衣白衫打扮，只是手里多了两样东西——一个土盆、一串白幡。

他见到了我们，抬头微微一笑，马上又低下了头。

这时候，他身后的大伯小声喊道——“摔盆！”

“嘭——”土盆摔了个粉碎。

“快哭爹！”大伯朝狗剩狠狠踢了一脚。

“爹——我的爹——”

狗剩跪在地上号啕起来。

（原载《邹鲁作家》2011 年 10 月）

捞　筲

后来，二丫果真被她爹嫁到了微山湖边上的洼坡地；她说，再也没有捞过一次筲。我通过刻苦读书，上了大学，也真的用上了哗哗淌的自来水，当然也没机会掉筲了。

“爹，咱家的筲又掉进井里了！……”

已记不清多少次在爹面前可怜巴巴地报告这对我来说天大的噩耗了。

“笨孩子，十来岁的人了，连担水都打不成！……”

爹骂得是，我的确很笨。同样是十来米的井，同样是麻绳做的井绳，同样是粗铁条弯成的钩子，可人家把筲放到井下，提着井绳一端忽左忽右有节奏摆动着，猛地一虾身，筲随即栽入水中，再提一下井绳，筲里面便灌满了水。我也是学着人家的样子，把筲放到井下，提着井绳一端忽左忽右摆动着，也猛地一虾身，筲也栽入水中，可当我提一下井绳时，轻飘飘的一根绳子，筲冒着水花沉到井底去了。

和我一样笨的还有邻居二丫，她爹也隔三岔五帮她捞筲。

爹出去了，我知道他去找锚和尼龙绳准备捞筲。二丫不知什么时候知道我掉筲的事，风风火火跑到我家里来，问这问那，大人似的，可在我眼里纯粹幸灾乐祸。

不一会儿，爹找来了锚（一个铁环，套着几个粗大的铁钩子）和一大团尼龙绳。爹去捞筲，我垂头丧气跟在身后，可二丫也跟着，叽叽喳喳，乌鸦似的。

问了我筲掉的方位，爹就把锚放入水中。尼龙绳轻，水底的锚显得沉甸甸的。爹右手紧紧抓住尼龙绳一端，忽上忽下忽左忽右地试探着。

这是一口石砌的老井，圆形井口，直径约莫一米，井台上长满了青苔。

爹拿尼龙绳的手还在不慌不忙有节奏地试探着，眼都不看井底一下。

邻居二叔来打水，着实戏谑我一番，臊得我的脸红纸一般；末了，给了爹一根纸烟。嘴里噙着纸烟的爹，捞起筲来更有兴致，一会儿右手试探，一会儿左手试探，一会儿把锚提出水面，一会儿轻轻把锚抛入水中……

那天邻居大娘也来打水，她说的那话，我一辈子也忘不了。

“孩子，你真得好好学学打水！一辈子待在咱这山沟沟里，你就离不开这老井，离不开这长长的井绳……二丫跟你不一样，她女孩子家，只要嫁到洼坡地里去，——人家那井，浅着哩，不用井绳，伸手就提！……”

那时，我清楚地看见二丫猛地傲气起来，公主似的。

爹的烟越来越短，几乎要烧到嘴唇了。这时，就听爹嗯了一声，烟屁股也被吐出老远。爹轻轻往上拉尼龙绳，我和二丫直盯着模糊的井底。哗啦一声，筲就露出了水面。

打那以后，我和二丫还是经常去老井打水。

在井台上，二丫逢人就讲，一定要嫁到洼坡地去，一辈子再不愿到这老井打水了……她还是经常把筲掉进井里，可不知怎的，对此她总显得理直气壮。我掉筲的次数似乎在减少，可每次打水总还是胆战心惊的。

二丫央求她爹把自己嫁到洼坡地去；可我没有洼坡地，爹就对我说，好好读书吧，那城里有哗哗淌的自来水。

后来，二丫果真被她爹嫁到了微山湖边上的洼坡地；她说，再也没有捞过一次筲。我通过刻苦读书，上了大学，也真的用上了哗哗淌的自来水，当然也没机会掉筲了。

其实，祖祖辈辈吃老井水的乡亲们，而今早就用上了哗哗淌的自来水了。

（原载《天池小小说》2008 年第 12 期）

红　泥

妮儿的尸体是第二天早晨找到的，浑身上下全是红泥。妮儿的爹说，妮儿属于夭折少亡，不能入祖坟，就埋在阴阳坡上吧，也好让她天天有红泥玩。

那天一大早，刚起床，妮儿就蹦蹦跳跳来我家，缠着我带她到西山脚下的“红泥沟”挖红泥。

我说，暑假作业好有好些没做呢，过些日子再去吧。爹说，大清早就这么闷热，中午怕变天；还是挖黑泥吧，村头“大屋窖”就有。妮儿不乐意，嘴儿撅得能挂个油瓶。妮儿娘隔壁花二婶也来了我家，拍拍我胖嘟嘟的黑肩膀，说，有咱家男子汉保驾，不碍事儿！吃过早饭，让俩孩子去吧，——这两天妮儿就稀罕红泥捏的玩具。

少年不知愁滋味

那年我在村里上小学三年级，妮儿小我 3 岁还没入学。

记得娘对我和妮儿说：小孩子都是爹娘用泥捏的；妮儿是她娘用“红泥沟”的红泥捏的，而我是爹用“大屋窖”黑泥捏的。想想也是，妮儿的小脸成天红扑扑的，像熟透的苹果；而我浑身上下黑不溜秋，像条不安生的黑狗。

吃过早饭，妮儿叽叽喳喳又飞到了我们这边的院子里。她脑后扎有两个朝天翘的羊角辫，穿着一身红格子裤褂，脚上一双绣花黑底条绒鞋，娘见了直夸她“真俊”。

出了村，太阳像中了魔，把它的全部火力投给了我们，空气中一丝风也没有。我爬到路边的梧桐树上，摘了一片很大的梧桐叶给妮儿遮凉；妮儿就给我唱歌听——那歌真甜。

我说：妮儿，你爹可真了不起！那次在学校听你爹讲了好些他在朝鲜打鬼子的故事；村里表彰大会上，你爹还戴了大红花……

妮儿说：还是你爹了不起——俺的病，要不是你爹给俺看，听娘说，俺早就死了。

可俺爹是“臭右派”，经常戴上高帽子、脸上涂上黑泥在台子上挨人斗，丢死人了！

可俺爹说了，你爹是县医院的最好的大夫，脸是黑的，可心红着呢！

妮儿还跟我说，她娘昨天跟我的语文老师“二歪头”吵了一架，就因为“二歪头”说我“臭右派”的儿子一辈子也别想讨上老婆。

娘说了，你要娶不上媳妇，就让俺给你当媳妇。妮儿说到这里，脸红红的。

走完“羊肠子路”，穿过“牤牛沟”，再翻过那面“阴阳坡”，就到“红泥沟”了，——我和小伙伴们经常在雨过天晴的午后到那里挖红泥捏玩具。前几天下过雨，沟底应该还有新鲜的红泥。

爬阴阳坡时，妮儿不停地喘着粗气。我俯下身子想背妮儿，可她说不累。我便抓住妮儿的小手，拉着她往上爬。我们终于爬上了坡顶。

一块不大的乌云一下子遮住了太阳,空气的燥热开始渐渐减退。呼呼——起风了，天气变得凉爽起来。

阴阳坡下面就是红泥沟，我和妮儿欢呼着朝红泥沟跑去。

又一大片乌云朝头顶聚拢来，远处似乎还有雷声。

红泥沟的沟底有巴掌大的一汪水,周围的确还有些红红的泥巴。我让妮儿站在沟底不远处的一块大石头上，便跑下沟去，两膝跪地，伸开那双小黑手开始挖起红泥来。

正挖得起劲，猛听得妮儿的哭声。站起身来，我这才发现，天上有很多很厚的乌云，那雷声也更响了。我跑到妮儿跟前，妮儿说，刚才打了一个响雷，她有点怕。

我说，别怕，拿上红泥咱就……没等我那“走”字说出口，一声炸雷在我们上空响起，接着便下起瓢泼大雨。

我大声喊：妮儿快往阴阳坡上跑，我去拿红泥！我三步两步跑到沟底。天，哪里还有我的红泥，刚才沟底那巴掌大的一汪水竟扩展成席子大一片。我回转身再朝妮儿站的那块大石头处跑去。可大石头竟然在雨水的浸泡下，松动，摇晃，最终载着妮儿滑到了沟底。

电闪雷鸣，大雨如注，我有生以来感到什么叫恐惧。

我哭喊着妮儿的名字，再往沟底跑去。妮儿双膝跪在水涡里，也正哭喊着我的名字。

我揽住妮儿的腰，架着她往沟沿上爬。可沟沿此刻也变得异常湿滑起来，我们爬上几米后，再次滑落到沟底。

看着沟里的水有齐腰深了，我揽着妮儿不停大哭。这时，妮儿反而不哭了，她大声喊：沟那沿上有棵柏树，我们往沟那沿爬吧！

透过急速的雨水，我发现沟那沿的确有棵树。我抓住妮儿的手朝那棵树的方向爬去。我一手拉着妮儿的手，一手摸索着周围的杂草充当抓手；妮儿也学着我的样子，另一只手也不停摸索着根系较大的草木。我们爬得很慢，以至于沟内猛涨的水都快没过我们的小腿了。

距离那棵柏树越来越近了。

我感到妮儿的身体越来越重，仿佛她所有的重量就靠我这只手臂来支撑。我大声喊着妮儿的名字，大声喊着"树就要到了"。

当我另一只手牢牢抓住树干时，沟里的水已没过了我的大腿，没过了妮儿的胸脯。我抓住妮儿的手腕用力往上拉，妮儿身体渐渐向树干靠近，一米，半米……

哗哗——山洪汹涌而下，妮儿的手腕最终挣脱了我几乎要发麻的手。

妮儿——

我的哭喊声随即被暴风雨淹没。

妮儿的尸体是第二天早晨找到的，浑身上下全是红泥。妮儿的爹说，妮儿属于夭折少亡，不能入祖坟，就埋在阴阳坡上吧，也好让她天天有红泥玩。

埋葬完妮儿，娘一病不起，三天没下床沿。这天花二婶来看娘，劝娘道：大嫂，看来咱娃儿真是讨不上老婆的命，还是认命吧！

一听这，娘骨碌一下坐起来，嚷道：谁说俺娃讨不上老婆，这不，娃的媳妇在这儿呢！

娘猛地掀开被子。

被子下，有一个用红泥捏的小人，那模样跟妮儿一模一样。

（原载《小说月刊》2011 年第 8 期）

上　套

吃晚饭时，娘对我说：李校长刚才来过咱家，说让你明天到学校（村小学）报到——都八岁了，不能再满世界里野了……看来，我上套的日子到了。

爹说，等把你送到学堂上了套，就没这么自由喽！七岁的我并不理解什么是“上套”，仍爬墙、上树满世界里野。

跟我们一起野的还有我的堂哥，虽然年龄长我们七八岁，个头也高出我们许多，可扔下书包扎进我们“学龄前”堆里，仍野性十足。

堂哥，黑黑胖胖的，宛如生产队牲口圈里的那头黑骡子。春日里，他带我们去土山折桃花；盛夏酷暑，领我们去圣水泉泡澡；秋天庄稼熟满坡，率我们到大台田偷队里的玉米棒子；雪后的冬日，撺掇我们到大队院里捕鸟……

那天，堂哥又率领我们这群“野孩子”到生产队牲口院来“骚扰”了：想办法薅些牛马的鬃毛去套蜻蜓。不巧，管牲口的瘸腿三爷不但在那儿，两只眼还瞪得圆圆的直瞅那头肚子鼓鼓的母牛老黑。

老黑被三爷牵到院西的柴草堆旁边，不停地叫着，似乎很痛苦。堂哥说，老黑要生小牛犊了。我们一头雾水：小牛犊是母牛生出来的？我们正迷惑间，站在老黑后腚旁的三爷双手托住一块花花的肉乎乎的东西；等我们凑上前时，一头黑白相间的花牛犊已完全落在三爷手中了——那时那地，我才明白：小牛犊原来是从母牛后腚处生出来的。

牲口圈里忽然多出来一头活蹦乱跳的花牛犊，着实勾引我们的魂儿。堂哥上学去了，我们这群“群龙无首”的孩子便到牲口院去看那头花牛犊，并且，还给它起了个好听的名字——花花。每每一窝蜂围住花花，总会遭到瘸腿三爷一顿呵斥：小兔崽子们，那可是咱队里的宝贝疙瘩！

有时，我们不得不到田野里去看花花，因为老黑要到田里去耕地了。犁地的号头（使唤牲口犁地的人）套上老黑及其他两头牛，在板结得异常坚硬的黄泥地一趟一趟艰难地犁着，即便这样，它们的背上也少不了一道道血红的鞭痕。这些，我们倒是毫不感兴趣。我们在那开满鲜花的草地上大呼小叫地追赶着花花，丝毫感觉不到空气中已弥漫了浓浓的新翻泥土的气息。

花花长得可真快，一开春，已经到我们的肩膀高了。

夏日里一个傍晚，队长到了我们家，跟爹说：可别让你们的娃到牲口院里耍那头小花牛了，它野得很！今儿，瘸老三就让它顶了个屁股蹲儿，还在床上躺着呢……我听了，心里直乐：咱的花花可真有能耐！

有能耐的花花也有没招的时候。那天，花花又跟着老黑下坡了，我们蹦着跳着跟在后面，心里盘算着在野外跟花花的一场嬉戏。可到了地里，使唤牲口的号头，并没有让花花陪我们一起玩耍，竟然也将它上了套，且夹在老黑与另一头黄犍牛中间。起初，花花似乎不怎么反抗，可等到开始犁地，终于忍受不住了：左拧右搓，力图摆脱身上的绳套——绳套从肩到背，从腰到肚，丝丝相扣，道道相连，怎么好容易摆脱呢？一声清脆的鞭子响起，花花惊恐地向前猛冲，绳套勒进皮肉，一片血肉模糊……我们惊异地看着昔日的玩伴，呆呆地站在那里，像一只只受了惊吓的土狗。

那块地终于犁完了，号头们揩了揩额头的汗滴，说：让牲口歇一下吧，咱们也好抽袋烟。三头牛卸了套，我们忙跑过去招呼花花，它理都不理我们一下，只是静静地趴在老黑旁边，嘴里不停咀嚼着。

花花不理我们了，我们好伤心！不知怎的，又想起了领我们到处野的堂哥——这才记起堂哥好一阵子没领我们玩了。我们一窝蜂跑到堂哥家。他眯缝着眼，懒懒地躺在床上，活像一头吃饱了的黑猪。他无精打采地睁开了眼：哪有工夫去野？下午还得跟爹到生产队干活呢！——原来堂哥已经下学，到生产队挣工分了。

吃晚饭时，娘对我说：李校长刚才来过咱家，说让你明天到学校（村小学）报到——都八岁了，不能再满世界里野了……

看来，爹说的“上套”，也许真的到来了。

（原载《金山》2012 年第 5 期）

杨花落尽子规啼

杨花姐死了，真的死了，目睹这一切，9 岁的我木然地站在一边，耳膜里似乎传来布谷鸟啼血般的哀鸣。

阳春三月，几阵南风吹过，房前屋后高高的杨树上便挂满了一串串红彤彤毛茸茸的杨花。缕缕春风，星点春雨，杨花便会扭动着轻盈的舞姿，走近你，拥抱你，亲吻你……这是一件多么可人的事情呀。可惜，这种沁人心脾的感觉已经永远定格在三十年前，在以后的岁月里，它留给我的全是酸楚凄凉和不尽的怀念。

打开我记忆的档册，最先存入的，不是娘和爹，而是整天叽叽喳喳欢快雀跃，头上扎有“朝天翘”小辫的杨花姐——她是邻居麻子杨伯抱养的女儿，长我三岁。

麻子杨伯一辈子没有讨上老婆，杨花姐是他 38 岁那年抱养的。听爹说，那年，杨伯的老娘已病入膏肓，老人家见为儿子娶妻无望，便在病床上托娘家弟媳办了这件事。孩子抱来，老人看了一眼就离开了人世。

我家和杨伯合住一大杂院，我们住东屋，杨伯住西屋，堂屋住着任、王两家，南屋则是生产队的仓房屋，乱七八糟放了些集体的杂物。听爹说，这里原是村里老地主家的主房屋，我们这些人是土改后住进来的。

从某种意义上讲，我是杨花姐带大的。那时，生产队集体劳作，青壮劳力是不允许待在家里带孩子的。就这样，偌大的院子里大部分时间只有我和杨花姐（当时，任、王两家没有小孩）。四五岁的我是照顾不了自己的，一会儿喝水、吃东西，一会儿又上茅房，这些都由杨花姐领着我。更多的时间，杨花姐教我唱儿歌，什么《小木碗》、《小小虫》、《小黑妮》，她会的儿歌可真多了，有好多时候，大人们都放工回来我们还唱不完呢。娘每次都说，整天价唱，也不怕吼哑了嗓子。

最妙的是在春上跟杨花姐捡杨毛虫（杨花，那可是我儿时上等的美味佳肴）。她一手扯着我的小手，一手挎着竹篮，哼着歌，蹦着跳着就到了村西的小树林。那里捡杨毛虫的人可真不少：老的，小的，就连在附近劳作的壮劳力，也趁中间休息的时间加入了这“淘宝”的行列。我们两个小不点跟在人们屁股后面，自然没有什么大收获，只会捡些别人不愿要的老毛虫。不过也有幸运的时候，一阵劲风吹过，那挂在高高树枝上的鲜嫩的毛虫便会随风而落，下上一阵“毛虫雨”。每到此时，我都会在杨花姐旁边尖叫不停——姐，这个大的！姐，看那个多大！……

九岁的杨花姐该上学了（当时的农村孩子上学晚，大都九岁）。

可杨伯对爹说，你们家娃儿没人照看，就让花儿晚两年上学吧，反正就图识个字，也晚不了。对此，娘特感激，用掉了家里所有节省下的布票，给杨花姐做了身花衣服。

穿了花衣服的杨花姐真俊，高高的个儿，红红的脸蛋，两条朝天翘的小辫子宛若两只调皮的小鸟。我总是对娘说，将来我要讨杨花姐做媳妇儿。

八岁那年，杨花姐和我一齐上了村里的小学。那时的杨花姐个儿更高了，几乎到娘的耳朵梢，胸脯似乎也高了许多——娘说，你杨花姐快成大姑娘了。

新年过后，老鼠忽然猖獗起来，猫、老鼠夹子都无济于事，大队只好在公社防疫站买了些老鼠药，并分到各小队。

我们队都到队里仓房屋领老鼠药。那天，发药的是仓库保管员二赖叔，这人油腔滑调的，很不招人待见。等到我和杨花姐领老鼠药了，二赖叔不急着拿药，却瞪着大眼上上下下瞅杨花姐，嘴里不停说着，这闺女可真俊，杨麻子福气真不浅！杨花姐狠狠瞪了二赖叔几眼，接过老鼠药，转身走了。二赖叔没有紧接着给我拿老鼠药，而是跟身后的几个看热闹的老光棍聊起天来，他们嘻嘻哈哈说着什么“猫”，什么“腥”，什么“老牛”，什么“嫩草”的，让人实在闹不懂。

那是一个早春的午后，清风习习，太阳暖暖，是入春以来很难得的好天气。操场上，我们几个男生女生做“找朋友”的游戏，原则是一个男生唱着跳着找一个女生做朋友，随后女生再跳着蹦着找男生做朋友。我想找杨花姐做朋友，可惜被另一个女孩“抢”了去。最后，就剩下杨花姐和二赖叔家的小明。哪料，小明撅着嘴不干了——

俺爹说，你是你爹养的小媳妇，俺不跟当了小媳妇的人交朋友！……

哇——杨花姐捂住脸，疯也似的朝家的方向跑去。我随后紧紧追赶杨花姐，可追到半路，猛想到“要上课了”时，便停住了脚步。

我是在傍晚放学回家才知道杨花姐出事的——满院子的人，杨伯抱着已经断气的杨花姐，坐在地上撕心裂肺地哭——

花儿——爹这光棍男人，不该抱养你，不该抱养你呀！爹害了你呀！爹害了你呀！……

爹娘蹲在杨伯旁边，紧握住杨花姐的手，满脸的泪水。

目睹这一切，9 岁的我竟木然地站在一边，耳膜里似乎传来布谷鸟啼血般的哀鸣。

杨花姐是服了老鼠药死的——整个下午我们院子里没有其他人。

为了送杨花姐，我两天没有上学。到第三天，正赶上老师教李白的《闻王昌龄左迁龙标遥有此寄》：杨花落尽子规啼，闻道龙标过五溪。我寄愁心与明月，随君直到夜郎西。

那诗，我至今还能诵读出大滴大滴的眼泪来。

（原载《邹城文艺》2009 年第 2 期）

杀过年猪

队长是最后一户去领肉的，可到跟前一看，肉筐里只有两个没褪尽毛的猪蹄子了。老会计极尴尬摘掉了花镜，不禁喃喃自语：算得好好的，怎么不够了呢？怎么不够了呢？……

农历年就要到了，又想起儿时生产队里杀过年猪的情景。

那时的生产队俨然一大家庭，而这个家庭的家长便是自称是中国 28 级干部的队长。我们队的队长姓邢，40 来岁，由于他处处在人们面前显摆能耐，社员们便给他取了个“能儿”的绰号。后来，人们把他的绰号和姓连在一起，呼为——“能行（邢）”。

我们队在腊月 26“杀猪分肉”的惯例是雷打不动的。

那年腊月 26 早上，我胡乱扒拉了几口饭便在小伙伴的簇拥下离了家门——那些心慌的小伙伴们早在我家等了好长时间了。

到了生产队的饲养场，饲养员还没给那头即将“赴刑场”的猪做最后的早餐呢。饲养员是 60 多岁的瘸子刘老七，他吼了几嗓子，吓得我们远远跑开了。等我们再到饲养场的时候，那头又肥又大的猪，脖子上扎着红头绳，被刘老七放出了圈，正在院子里乱拱呢。

我们拿树枝戏弄着那头倒霉的笨猪，这时，刘老七跑过来又粗着嗓子把我们嚷跑了。真不明白，为什么“杀猪过年”，他竟不高兴呢。

跟在满脸红光、一身的酒气“能行”队长屁股后面，我们第三次进饲养场的大院。这时，院里早就聚集了好多人。只见队长拿起一把明晃晃的尖刀——看来，今年队里不再请职业“刀手”，队长要亲自掌刀了。

几个五大三粗的劳力，慢慢靠近那头正在拱食的大猪；随着几声嗷嗷嚎叫，五花大绑的肥猪就被按到了案板上。

案板前，摁腿的摁腿，扳头的扳头，压身子的将蜷起的腿重重压在猪的脊梁骨上，专等队长“持刀问斩”了。

队长也不含糊，猛喝一口酒，呼地喷在手中的尖刀上，走上前去，左手紧紧抓住硕大的猪耳，刀尖轻点猪脖颈处，猛一用力，足足有一尺长的尖刀便不见了踪影。随着队长尖刀拔出，一股殷红的鲜血喷涌而出，汩汩流入案板下方预先准备的大盆里。

血淌了不少，可那猪还是在案板上嗷嗷直叫。队长重新操刀顺“原路”又猛刺了一通，猪的号叫总算小了点声。队长用那血手抹了抹额头上的汗，“奶奶的，不信杀不死你！”说着扔掉了手中的刀。

也有半袋烟工夫，那猪没了叫声。队长发令：解绳吹气。

等到给那猪解开了绳，惊险的一幕上演了——

那猪竟活了过来，撒腿狂奔，惊得满院子人叫了起来。偌大的院子，你追我赶，大呼小叫，竟也逮不住那猪，急得队长直跺脚。要说还是队长急中生智，他操起旁边一碗口粗的大棒，冲上前去，扬起大棒，重重砸下去，正中猪的头颅。那猪应声而倒，慢慢伸开了四腿。

几个壮劳力七手八脚把那猪抬到案板上。队长拿一小刀在猪后小腿处割一小口，又拿起通杆（手指粗细的长铁杆）顺着那小口直捅下去，游走于肌肉与皮肤之间。周围人又忙上前拧动猪身，队长的通杆便捅到了猪的全身各部。

随后，队长扔下通杆，右手紧紧抓住割有小口的猪腿，左手直抓住割开的那皮，自己的嘴对准那小口，深深吸一口气；随着一声声呼气从队长口中发出，那猪便气球般鼓了起来。

随后，人们把这“气球猪”拖进了滚烫的热水池里。只见这气球在开水里打了几个滚，那毛便一揪就掉了。也就一袋烟的功夫，那猪便变成了粉嘟嘟白胖胖的裸体猪了。

众人第三次把猪放到案板上，队长忙招呼几个麻利的后生操刀分割。去头的去头，卸腿的卸腿，不一会儿，那猪便成了圆轱辘。队长紧握长刀，从猪脖颈到裆部，用力狠狠划了一条直线，只听哗的一声，猪的五脏六腑见了天日。随之，队长轻轻扔下刀，从腰里摸出了旱烟袋——队长该显摆的活结束了。

然后，队长安排三组人马：清洗内脏的、处理猪头四蹄的、分切躯干的。

不一会儿，三路人马活儿已干完，并报上了各自猪肉的重量。这时，老会计戴上老花镜，根据报上来的斤两，噼里啪啦拨弄起算盘来。

“猪肉每人半斤，猪头（包括蹄子）下水（各内脏）每人三两。”老会计拉着长音儿做出了庄严宣布。

队长咂摸着烟袋嘴，看着人们喜滋滋把肉领回家，脸上写满了自豪。

队长是最后一户去领肉的，可到跟前一看，肉筐里只有两个没褪尽毛的猪蹄子了。老会计极尴尬摘掉了花镜，不禁喃喃自语：算得好好的，怎么不够了呢？怎么不够了呢？……

“两个蹄子就两个蹄子吧，少吃一顿肉也一样过年。”队长笑着说。

“给，半斤肉、一个蹄儿；我吃着这肉心里就堵得慌。”瘸子刘老七把他的那份悻悻地甩给了队长，颠着腿照看圈里的其他猪去了。

“这老家伙，还心疼呢……”队长大声地笑了，笑得很豪爽。

（原载《济宁日报》2010 年 2 月）

第五辑　官场春秋

“官官相护”是乡间俗语，“廉洁为官”是墙上标语，“官运亨通”是知交祝语，“官兵一致”是理想倡语。官，人类社会的组织者和管理者，对社会的发展起着极其重要的作用。然而，同是官，清廉者名垂千古，贪腐者遗臭万年，我们不妨走近他们……

黑鱼，红鱼

红鱼依然在水中来回游弋着，面对这些“精美食品”却视而不见；黑鱼依然在水底静静地待着，面前的美味佳肴，它狠命地吞噬着，那张漂亮的黑嘴几乎没有停歇过。

乡长家喜欢养鱼。

这天，乡长领着六岁的儿子在“花鸟鱼虫”市场逛了好一阵子，末了，小家伙相中了两条金鱼：一条黑色，一条红色。

卖鱼人说，那黑的叫乌金狮头，红的叫红玉锦鲤；可乡长儿子却称呼它们：黑鱼，红鱼。

自从鱼缸里来了黑鱼、红鱼，小家伙总喜欢把那大脑袋瓜往鱼缸的玻璃面上凑。

红鱼特活泼，一会儿到缸底的水草中嬉戏，一会儿往水面上吐出几个气泡；一会儿在假山前徜徉，一会儿跟其他鱼来个亲密接触……也许它头上没长出奇异的皇冠，身体没变异成美丽的球状，尾巴也没有夸大成飘逸的绸带，因而游起来显得很有力。

乡长儿子很喜欢红鱼，总为红鱼拍疼了那胖胖的小手。

黑鱼特文静，总是静静地待在一个地方，很少活动。它头上有黑葡萄攒成的乌金皇冠，身体俨然一墨色圆球，更奇异的是那尾巴，黑丝带般漂在水中，煞是壮观。

乡长儿子也喜欢黑鱼，总为黑鱼忽闪着那双亮晶晶的眼睛。

乡长的儿子喜欢看鱼，更喜欢喂鱼。他的家里有好多好多精美的鱼食儿。

一把把五颜六色的鱼食儿被小家伙撒入水中，慢慢儿浸湿，既而便飘悠悠沉入水底。红鱼依然在水中来回游弋着，面对这些"精美食品"却视而不见；黑鱼依然在水底静静地待着，面前的美味佳肴，它狠命地吞噬着，那张漂亮的黑嘴几乎没有停歇过。

乡长家经常来客人，他们总是大包小包地提着。

"爸爸，那红鱼一会儿（游到）这里，一会儿（游到）那里，可欢腾了；可那黑鱼动也不动，光知道吃食儿。"

"哈哈，儿子，红鱼它憨呀，这里那里的，可就是找不到食儿；你看黑鱼多聪明，不用费力气，就能吃上香喷喷的食儿。"

"爸爸，红鱼不是找食儿，是找朋友。"

"傻孩子，哪有不贪食儿的鱼？它找不到食儿。"

"不是！是找……"

儿子正要和爸爸争论，可急促的门铃声响了起来。

客人走后，儿子又凑到了爸爸面前。

“爸爸，黑鱼总是吃食儿，可红鱼很少吃食儿。”

“红鱼不吃食儿，你看它就变成了瘦瘦的长长的样子；黑鱼多吃食儿，就变成了胖胖的圆圆的样子。你看黑鱼胖胖的圆圆的乌黑发亮，多美呀！”

“可它游得不快，也没有又红又亮的鳞……”

儿子还要和爸爸争论，可急促的门铃声又响了起来。

又一拨客人走后，儿子又问：

“爸爸，红鱼有好多好多朋友，可黑鱼一个也没有。”

“你怎么知道的？”

“他总是和其他鱼做游戏，黑鱼一次也没有。”

“傻孩子，哪是什么游戏？那是它们在争食儿……”

乡长话没说完，门铃又响了。

乡长是送走最后一拨客人才听到儿子哭声的。

“呜呜——呜呜——”

“怎么了，儿子？”乡长急切地问。

“黑鱼死了，我的黑鱼死了……”

“傻孩子，你整天喂那么多食儿，黑鱼能不撑死？”手托着一个厚厚纸包的乡长笑吟吟地说。

（原载《齐鲁晚报》2008 年 4 月）

沙河之殇

在一个漆黑的夜晚，大水冲垮了大堤，沙河镇处在一片汪洋之中。银白色的小楼，被大水剥蚀得支离破碎。

沙县有二宝：一是肉质鲜美的单鼻孔鲤鱼，二是晶莹剔透、颗粒匀实的河沙，二者皆出自沙河。

沙河是唯一的一条贯穿沙县的河流，由西向东绵延数十公里。由于沙河流经区域皆沙土地，这松散沙土经河水自然选择后，一厚层晶莹剔透、颗粒匀实的细沙平铺河底，诱惑着人们的一双双眼睛。

咋不诱人呢？普通沙要经过一筛、二筛，方能掺灰（水泥）抹墙，而沙河河沙能直接掺灰抹墙，且抹出来的墙面匀实平整，经久不坏。市场上，沙河河沙的价格已达到了普通沙二倍，还供不应求呢。

沙河的百分之六十河段在沙河镇。沙河镇是全县的产沙大镇。沙河大堤下，那一幢幢银白色的小楼，正是掘沙大户们的豪宅。

随着河沙价格的不断攀升，沙河镇的掘沙船不分昼夜疯狂作业。

沙河镇疯狂采沙的事，被人举报到了县水利局。

第二天，水利局刘局长亲自到沙河镇调查此事。

看着码头上堆积如山的河沙，河里来回穿梭的掘沙船，刘局长明白了一切。他紧急召开了由负责水利的镇长、临河村庄村主任、采沙经营户代表参加的会议。在会上，刘局长宣读了《沙县近江近河采沙细则》，严令拆除超限额掘沙船上的设备，最后声色俱厉地阐述无节制采沙的利害：

如若继续无节制地采砂，必将破坏了河道航运，那么，你们沙河镇各个码头将成为一个个死港；如若继续无节制地采砂，必将破坏了沙河大堤，洪水到来，大堤决口，你们一幢幢价值数十万的豪宅，将成为一片废墟。

会后，各级负责人签订了责任书，刘局长安心回到县里。

局长走后一个星期。大大小小的责任人着实肥了一把，收了好些鼓鼓的红包不说，还扯开肚皮大吃了一通。最终，那一把把的责任书成了一张张废纸，采沙依然疯狂。

采沙的事，又被人举报到了县里。

刘局长再次来到沙河镇。他站在大堤上，举目远望，一艘艘掘沙船正贪婪地张着大嘴，肆无忌惮吞噬着河底的沙子，与举报的情况一模一样。

除了对镇村大小责任人大发雷霆外，刘局长毫无办法。自己只是县水利主管部门一把手，对地方上的这些“封疆大吏”们“抱成团”的“阳奉阴违”，还会有多少手段呢?

在河堤上搭起了帐篷，刘局长和同事们住了下来。看来，刘局长与采沙船较上劲了。

第一天，除了运输船外，再也见不到掘沙船的影子。

第二天，临河几个村的村主任，拎了好多厚厚的纸包来找刘局长，被刘局长轰了回去。

第三天，镇上神通广大的“黑三爷”造访了刘局长。在激烈的对峙中，“黑三爷”推倒了刘局长。同事拨打了“110”。经派出所干警们好说歹说，“黑三爷”总算走了，末了，撂下句“若继续执法到底，你的局长乌纱戴不到年尾”。

第四天，数百名手持凶器的群众到河堤闹事，局长和他的同事们在派出所干警“保护”下回到镇机关大院。

晚上，刘局长接到妻子电话：夜间，家里玻璃全部被砸；儿子上学途中遭人殴打……

夜里，局长不停地抽烟，眼泪止不住地流……

第五天一大早，满脸疲倦的刘局长和他的同事们回到了县里，再也没来沙河镇。

三个月后。

一场台风席卷东南沿海，其威力波及沙县，暴雨持续了一天一夜。

在一个漆黑的夜晚，大水冲垮了大堤，沙河镇处在一片汪洋之中。

银白色的小楼，被大水剥蚀得支离破碎。

刘局长的话真的应验了。

而镇上“黑三爷”的后半句话，在刘局长身上也应验了。

（原载《当代人》2006 年第 11 期）

茶　缘

那年，山里建了一所希望小学——茶园小学，五个村的孩子再也不用翻山越岭去上学了。

香茗小区，已退居二线的方局长家。

面色白胖、身体臃肿的方局长，呆呆地坐在客厅里，想着往昔的荣耀与风光，心中的失落感不断潜滋暗长。

百无聊赖间，方局长进了自己的“品茗斋”。

“品茗斋”是方局长特开的一品茶房间。茶房由西开门，门上挂“品茗斋”巨幅匾额。房间内东墙上悬挂着斑竹片穿成的对联，上联：蓬荜紫辉言德俭；下联：南方嘉木曰茶茗；横批：茶之源。对联下，面西背东放着一桌一椅，镌龙雕凤，古色古香；桌上摆放着一全套紫砂茶器，温晕空灵，熠熠生辉。对面西墙上，悬挂着梅、兰、竹、菊的字画，虽不是名人的真迹，也临摹得惟妙惟肖。

泡上一杯浓浓的安溪铁观音，方局长陷入了沉思——

茶，我跟茶有缘哪。

由基层来局里上班那天，听说局长好茶，我就苦心研究《茶经》《茶记》《茶诀》《茶论》《茶谱》等数十部茶事文献，终于博得局长青睐。

有人说我投其所好，也有人说我附庸风雅……

我给局长送过的名茶太多了：顶级龙井、极品碧螺春、武夷山岩茶、信阳毛尖、云南普洱、台湾冻乌龙……

那年去黄山旅游，送局长毛峰；庐山旅游，又送局长云雾茶……

三年后，我当上了局里最年轻的科长。

这“品茗斋”三字，就是老局长题的。

“品茗斋”成了老局长最佳休闲地。好多的日子里，我总把老局长让到这太师椅上，一壶铁观音，喝出武夷山风光；一杯普洱，映出古老的苍山洱海……我不时地说着《茶之源》《茶之具》《茶之造》《茶之煮》《茶之饮》……

那天，老局长破天荒惠赠给我 1 斤六安瓜片。

五年后，我成了副局长。老局长退休前，把我扶了正。

“茶之为用，味至寒，最宜精行俭德之人……喝茶人，非高洁情操不可知茶之境界。”我用《茶经》“冠冕堂皇”地教育着局里的大大小小的负责人。

我在电视台作专门“茶文化”讲座。我的品茶文章结集出版。我成了市里的“品茶师”，成了领导中最“风雅”的人。

说心里话，我懂“茶”吗？我真正品过茶吗？几十年“挂羊头卖狗肉”，沽茶高洁之名，钓我飞黄腾达之誉……我知道，我不清正；为了这“名利”，我也好辛苦哟！……

掀开壶盖，一股浓浓的醇香扑鼻而来。方局长轻轻吮了一小口，顿觉唇颐流香，如临仙境。噫，茶原来如此馨香，那味道，那么遥远，而又那么熟悉，那是？哦——

那是荆花香，小时候跟二大爷放羊时闻过。他老人家，为生产队放了20年羊，为村里看了30年山林，孤独一生，最后死在护林房里。

又像蜜蜜罐子花的香，小时候跟父亲在田里干活时闻过。为了供养我兄弟几个上学，父亲像牛一样长年累月在田里劳作着，不到

70 岁就倒在了他犁过的黄土地里。

那也像槐子的香味，上大学前，跟乡亲们在村头的老槐树下分手时闻过。接到大学通知书，200 元的学费几乎把父亲愁白了头，是乡亲们这个 5 块，那个 10 块，圆了我的大学梦。那年头真穷啊。

“那是……”

不知什么时候，一大滴浑浊的眼泪融入了这酽酽的茶水里，方局长一饮而尽。

几年后，大别山一个偏僻的小山村里，住进来一位老人。老人在屋前建了一个小小的茶园，整天在里面忙碌着。每当夕阳西下时，老人为村人们滔滔不绝讲着茶事。

那年，山里建了一所希望小学——茶园小学，五个村的孩子再也不用翻山越岭去上学了。

（原载《济宁日报》2009 年 3 月）

钟馗真捉“鬼”

“我老早就给你说，钟馗捉鬼，钟馗捉鬼！——你就是不听！你说什么也就是块烂铜疙瘩，正好用它迷魂别人……钟馗，他真捉鬼呀！”

钱局长家正堂内供着一尊钟馗铜像，高约一尺，宽约六寸。那钟馗，只生得豹头环眼，铁面虬鬓；左手操“斩妖神剑”，直指苍天，右手持一“照妖镜”，俯照大地；右腿直立，左腿弯曲，左脚踏在一小鬼脊背，一股刚毅傲然之气只扑观者脸面。铜像底座上刻有“翊正驱魔雷霆帝君”八个镏金大字。

钱局长的老婆说，撤掉吧，怪瘆人的！而钱局长总是还以诡异的微笑。

全局上下都知道局长信奉钟馗的事。

“钟馗铜像，在咱局长眼里那简直是‘圣物’。一年四季，它的旁边香烟袅袅不说，还要在初一、十五，领受咱局长几个特‘虔诚’的头呢。”

“钟馗不讲情面，咱局长也是。那次，办公室的小赵弄了个假单子让局长签字，被局长骂了个狗血喷头。”

“小李把办公室的暖水瓶偷偷提到家里一个，不知怎的让局长知道了，硬是罚了 100 元。”

“有这钟馗当道，占便宜的事，甭再想了。”

局长不在家时，局长老婆总是用一片鲜亮的红布把钟馗铜像严严盖住。

局长大会小会总拿钟馗开场：

“钟馗，他手里有一本鬼簿，我手里也有，并且比他的还翔实；他有一把斩妖剑，我也有，并且比他的还锋利！不论你是贪吃鬼、揩油鬼、色迷贵，还是糊涂鬼、冒失鬼、傲慢鬼，我一概都不放过，因为我就是咱局里的钟馗！”

局长的“捉鬼运动”每次都是那么圆满：我们局形势一片大好，没有一个……

每次搞完运动，局长老婆总是央求局长撤掉钟馗铜像，而局长则大大咧咧说，怕什么，我就是钟馗！

钱局长信奉“钟馗”的事传到了与钱局长同住一楼的赵副市长耳朵里。凑了个歇闲日，赵副市长敲响了钱局长家的门。

“我们局，是市里的大局，我这当局长的若不能依法办事，执政为民，怎么对得起党这么多年的栽培，怎么向赋予我权力的全市人民交代呢？……钟馗，驱鬼逐邪之神，虽相貌丑陋，但为人刚直，不惧邪祟，——在党性、原则面前，我愿学钟馗，决不会放过一个奸邪之人！”

听着钱局长的慷慨陈词，赵副市长连连点头。

接下来，赵副市长在市委会上经常谈到素有“钟馗”之称的钱局长：在利益面前不动摇，在邪恶面前不退缩，我们的党员干部应该多学学老钱的这种“钟馗精神”。

在后来，钱局长成了市里的“反腐倡廉”楷模人物。

当呼啸的警车停在钱局长楼下时，已是两年后的事了。

一双冰冷的手铐把钱局长牵引到了警车之上。身后传来了一个女人歇斯底里地哭喊声：

“我老早就给你说，钟馗捉鬼，钟馗捉鬼！——你就是不听！你说什么也就是块烂铜疙瘩，正好用它迷魂别人……

老钱，你这么糊涂，钟馗，他真捉鬼呀！”

（原载《邹鲁作家》2011年6月）

迁　坟

“好了，爹，你的孙子活活累死在工地上；你的重孙又是这样的瞎子，咱治又没钱治，等又不能等；我也成了这半死不活的半截老头子，你说咱家该咋办？等到你断子绝孙后，您该满意了吧，爹！”

节气也到了秋分，秋收秋播已近尾声，整个田野，呈现出了大地最本质的土黄色。远处有几块早播的麦田正悄悄酝酿着新绿，在田埂上，几棵收了果实的秸秆在秋风中瑟瑟地抖着。

整整一个下午，村主任都在村口的老槐树下焦急地等着村民老贵。

直到夕阳撒尽它最后一丝余晖，老贵才领着孙子步履艰难地朝红旗村走来。

“老贵，你可来了。你也知道，咱村北的高台田要搞开发，田里所有的坟地都要外迁，今儿可就剩您一家了。明天上午镇里要统一开工了！——要不是有老县长（老贵的爹）在那儿埋着，镇里工作组早就强制迁出了。”

“村长，不是俺不愿迁，俺是没时间啊！小宝这孩子双目白内障，这又没爹又没妈的，叫俺当爷爷的咋整？这不，民政上搞了个免费做白内障的‘复明工程’，这几天，俺爷俩又跑民政局、卫生局，又跑镇医院、县医院……”

老贵一肚子的委屈。

“结果咋样？”

“唉，人家‘复明工程’帮助的是60岁以上的老人，说俺这样的不符合标准。”

“你没说小宝的太爷曾当过咱县的县长？”

“都20多年了，领导们谁还记得他？再说老爷子临终有话——再难也不能向政府伸手！”

“好了，好了，还是说迁坟的事吧。天黑前还有些时间，村里出人力，你光去指络指络就行了。今晚必须迁走！发放迁坟费时，村里会照顾你的。”村主任有些不耐烦了。

老贵回了家，忙请人扎了招魂幡，提了招魂灯（马灯，上面糊上白纸），着了孝衣，领了孙子上了坟地。村主任一帮人已等了好一阵子了。

地头，村里准备了5张白面芦苇席，以备裹尸骨之用。

钢筋探地，白灰画出穴位的轮廓，五组劳力一起开挖。

身着孝衣的老贵，左手提灯，右手挑幡；孙子小宝紧紧攥住爷爷衣角跟在后面。祖孙俩远远地看着。

夜很静，劳力们镢锨挖地声和嘁嘁喳喳谈话声传得很远。

“这就是老县长，老爷子没福呀。”

“可不是！十年私塾，十年征战，十年改造（“文革”时），——就当县长时也舍不得吃舍不得花，积攒点钱也捐给贫困山区了。”

“老县长发丧那年，县里各局领导来参加葬礼，看着那四间破烂的茅草屋，实在不忍心了，捐了 8000 元委托村里给他家盖了现在的瓦房。”

“还有一年，老县长的那些老战友来了。人家看着这破败的家，再看看老贵的独生子都 30 多的人了，还没个媳妇，实在不忍心就捐了 1 万元！——当时老贵流的那泪，比他爹发丧时都多。”

“也多亏那钱，第二年老贵的儿子就讨上了老婆。”

“一万元换了个瞎孙子：没几年，他的儿子连累加病，硬是死在打工的工地上，儿媳也改了嫁……”

……

是挖坟劳力嘴碎，还是老贵家的故事多，这一切，老贵只能远远地听着。

夜幕降临，天上多了闪闪的星星。

村主任让人点上了五盏汽灯，吊在高高的立柱上。老贵领孙子到了地头，让孩子钻到自己宽大的孝袍里，呆呆地看着那五盏灯。一晃，那五盏灯似乎变成了五张鲜活的脸。

那是老贵祖父祖母伤痕累累的脸——1947 年，老贵爹跟部队北上，娘领老贵兄妹躲到山里的姥姥家；“还乡团”进了村，竟把祖父祖母活活打死。

那是老贵娘和妹妹饥肠辘辘的脸——1961 年，老贵家里唯一的胡萝卜丝也吃完了，他只好到县里找爹。那天爹到下面救灾去了，好心的伙房师傅给了老贵6个白面馍，他忙急急往家赶。回到家，他的娘和妹妹早已饿死在床上！

那是老贵爹“无情无义”的脸——那年，公社让老贵到县化肥厂上班，爹听说后断然拒绝；后来，爹的战友把老贵的儿子介绍到派出所上班，爹听说后又严令辞退……

“好了，爹，你的孙子活活累死在工地上；你的重孙又是这样的瞎子，咱治又没钱治，等又不能等；我也成了这半死不活的半截老头子，你说咱家该咋办？等到你断子绝孙后，您该满意了吧，爹！”

“老贵，该喊路了。”村主任一嗓子把老贵从沉思中拉了回来。五具尸骨已齐刷刷打好了捆——该上新坟地了。

“爹——回家喽——”

提灯挑幡的老贵在前面猛地喊了起来。

“哇——哇——”

老贵的一嗓子把孙儿吓得大哭，哭声传得很远很远。

（原载《郐城文艺》2010年第3期）

寒　心

老女人呼天抢地地哭喊着，悲伤着，委屈着。老女人哪里明白，她的儿子生前担任市长的那个不大不小的城市，老百姓如今一听涨价就慌神，不少百姓还愁吃喝呢。

清明节在乡间，主角则是出嫁的女人。

太阳已升得老高了，路上渐渐多了女人们上坟回家的身影。煦暖的阳光下，满眼里麦田青青、花红柳绿，就是最伤心的女人也拭去了脸上的泪痕——毕竟生活还是很有盼头的。

“百生儿——你这么狠心呐——你让我这老婆子咋过哩——”

旷野里传来一阵阵老女人悲楚的哭喊声。

在乡间，女人一旦混到婆婆的份上，这上坟的差事往往有晚辈代庖，而上了年纪的老女人来上坟还是很少见的。

“百生儿——你这没良心的！你狠心撇下娘,你没良心呀——”

旷野已没有了多少上坟的女人,而老女人的哭喊声似乎更响了。几个晚走的上坟女人忙跑上前来劝。

“百生他娘，别哭了，百生什么福也都享了，——一人儿仨媳妇儿，村里的老爷们谁能比？”

“从咱这穷旮旯地儿走出去能当上市长，百生可是独一个，您老祖上可算烧高香了,——要说咱这满坡的灵气全让您一家给占了。”

老女人停住哭泣，擇了两把鼻涕，向人们絮叨起来：

“俺的命就咋这么苦呢！百生三个月上死了爹，那会儿正赶上三年大灾，俺的奶水不足，可百生儿吮住奶头不撒嘴，有时竟吮出血来！——也多亏街坊婶子大娘们帮衬着,要不,俺娘俩哪有活命？”

百生上高中，上学的钱都是老队长给的……

那年，百生到市里做官，硬是要俺也到城里去，——俺要是去就好了，生儿也不会走到这一步！”

……

“要说你家百生也真想不开，不就是多讨了几房老婆，多搂了点公家的钱,还能枪毙咋的？就自个儿寻了短见,真糊涂,真糊涂！”

“百生是个挺老实厚道的后生，他能贪污受贿？打死俺俺都不信，该不会受了小人的祸害吧！”

女人们七嘴八舌起来。

“生儿——你死得冤哪！你上学没让娘操过一次心，你领的奖状满屋子都是；咱村儿谁家有事，你都是上万上万地给呐——”

老女人又号啕起来。

“是呀，生儿就是个有良心的孩子，那次老队长发丧，百生不就给了五万块吗？”

“生儿孝顺，听说给他爹置下的新坟墓，建得跟宫殿似的，可惜没等到你家老头子去住，生儿就先走了……”

众人的吁叹，引来了老女人更疯狂的抽泣：“百生呀我苦命的百生，你死得冤哪，没有你，娘我咋过呀——

“百生呀——我苦命的百生——你死得冤哪——没有你，娘我咋过呀——”

老女人呼天抢地地哭喊着，悲伤着，委屈着。老女人哪里明白，她的儿子生前担任市长的那个不大不小的城市，老百姓如今一听涨价就慌神，不少百姓还愁吃喝呢。

（原载《检察日报》2008 年 4 月）

幺　舅

外甥是姥娘（外婆）家一条狗，见到好东西就伸手，一边吃一边搂，吃饱搂足他就走。你这个小馋狗儿，狗东西，狗东西！

外婆家住在微山湖北岸的一个小镇上，那里湖光连天，芦荡浩瀚，是我童年的天堂。在外婆家的那段时光里，要说最疼我的，还是我的幺舅。

那年，我 5 岁；幺舅 18 岁，在镇上上高中。每每放学回家，幺舅都会把我高高举起，仰着脸大声吼道：

外甥是姥娘(外婆)家一条狗,见到好东西就伸手,一边吃一边搂,吃饱搂足他就走。你这个小馋狗儿，狗东西，狗东西!

我确信幺舅有超人的神力，因为他总能给我带来难以想象的新鲜物，比如有着美丽羽毛的水鸟、头上长有一把利剑的鱼、印有妖魔鬼怪的连环画……

我离开外婆家那年，幺舅考上了北方的一所政法大学。临上大学前，幺舅送给我一支钢笔，末了，还没忘念叨着：你这个姥娘家的狗东西，可要向你幺舅学呀！嘿嘿，你这个狗东西!

虽然没少用幺舅送给我的钢笔，但我的学习成绩总是平平。愚笨的我终于在二十岁上考上了一所师范专科学校。母亲说，终于考上大学了，还是见见你的幺舅吧，他还是挺想你的。想想也是，小时候他是那样甜甜骂我“狗东西”。

推开幺舅办公室的门，才感觉到我的冒失：幺舅忙不迭将厚厚一个纸包往抽屉里放，他面前的客人也似乎变了脸色。

“哦，不是外人，是我的外甥。那件事咱就……”脸膛白胖，体腹臃肿的幺舅理都不理我，继续与他的客人嘀咕着什么。

客人终于走了，幺舅这才正面我：听说考上了，当老师也不错；如果不乐意当老师，到时候再来找我吧……

幺舅脸色严肃,也没有骂我“狗东西”,我忽然感到心里空落落的。

三年后，师范类毕业生就业问题竟异常严峻起来：全县师范类毕业生近500人，而岗位只有80个。我心怀忐忑参加了县教育局的招考：一关，笔试；二关，面试。揪心的成绩出来了：第81名，与孙山仅差半分。

提上母亲为我准备的好些礼品，我去找幺舅。在幺舅豪华的别墅里，他很亲切地给了我一个很让人心灰意冷的答案：你表妹（幺舅的女儿）卫校毕业也赶上找工作，她文凭低，难度大；你怎么说也是大学生，工作，迟早的事；明年吧，明年我一定让你上班！

果然，表妹到县人民医院上了班。唉，倘若不是表妹，我就能上班了。那一年，我直抱怨我的命苦。

第二年，师范类毕业生就业问题更加严峻：全县共招教师 40 人，前 10 名留城。虽然幺舅曾斩钉截铁地承诺过我，但我还是惴惴不安地参加了招考。成绩很快下来了，我考到全县第 40 名，成了最幸运的考生。

又提上些礼品去找幺舅。在幺舅的办公室里，他显得很无奈：你表弟（幺舅的儿子）技校也毕业了。你也知道，这孩子不学无术，是很难找到工作的；而你至少有了工作岗位，先在农村干一年吧，明年，我一定把你调到城里来。

不久，表弟到幺舅那个局上了班。

三个月后，分配通知书到了，我被分配到了最偏远的疙瘩乡窝窝小学任教，离家有一百多里。

窝窝小学条件实在太差了，没有教学楼，没有标准操场，没有网络，没有闭路电视，就连手机通讯信号都没有。

哎，要不是表弟，我绝不会来这鬼地方，我这命真苦！

在极度不平衡中我熬过了半年。一天，校长说有我的电话，我忙去接。电话是母亲打来的：快去你幺舅家看看吧，他被“双规”了，你的表妹表弟也从原单位清退了回来……

啊，我真幸运！我最后一个拥有了岗位，并且凭着真正的实力。——假如我依靠幺舅，假如幺舅真的帮了我……我满脑子的庆幸与欣慰，心里有说不出的平衡感。

假如我此时的心情让我的幺舅知道，他定会恶狠狠骂我：

——你这姥娘家的狗东西！

（原载《小说月刊》2008 年第 7 期）

这个中秋没有月亮

李副乡长可真是心细，凡是对自己有帮助的，甚至是书记家的保姆、市长的司机都恭恭敬敬送了份厚礼。看着由拥挤变得空荡荡的车子，李副乡长似乎感到自己已坐到了乡长交椅上。

又是一年中秋到。

李乡长，不，不，是李副乡长，既高兴又有些忧虑。

李副乡长所在的乡叫幸福乡，全乡人口不足三万。可麻雀虽小，五脏俱全，这不，乡长才调走几天，那几个垂涎三尺的副乡长就坐不住了。

中秋节，在这最关键的时刻，谁错过，那才是天底下最大的傻帽。

天刚蒙蒙亮，李副乡长就驾车去了市里。

一阵激烈的讨价还价后，车子里装满了高档礼品。

李副乡长可真是心细，凡是对自己有帮助的，甚至是书记家的保姆、市长的司机都恭恭敬敬送了份厚礼。看着由拥挤变得空荡荡的车子，李副乡长似乎感到自己已坐到了乡长交椅上。

时间已到中午。李副乡长从早晨到现在热水凉水还没沾口呢，可他还是没有一丝饿意。还是吃一点吧，下午还有好多事情要做呢。想到这里，李副乡长忙停下车，朝路边的一家饭店走去。

四个菜，两瓶啤酒，李副乡长喝得很惬意。

一阵欢快的音乐响起，李副乡长忙打开自己的手机。

电话是乡党委书记打来的，告诉了一个令他眩晕的消息——

“明天新乡长就到了，你拟定一下招待的酒宴……”

“啪！”手机摔了个粉碎。

酒瓶一个接一个打开，随即又被一瓶接一瓶吹干。

天黑了，李副乡长走出饭店。一阵冷风吹来，他打了个寒战，酒一下子醒了许多——不是答应娘回家过团圆节吗？

车子终于到了娘住的那个村口，李副乡长却迷惘了：娘守寡20多年，含辛茹苦培养出个大学生，不容易哪！十多年了，自己依然还是个副乡长，有什么脸见娘呢？

“强子，是你吗？”

一阵微弱的光出现在眼前，原来是娘。

他赶紧下车，上前搀住了娘。

“你怎么在这儿？娘！”

“你不是说回家过节吗？我在这儿等你一晚上了。今天天阴，没有月亮，路又不好走，我怕你……”

风很大，也很冷，他把母亲扶进了车。

抬头望天时，他这才发现，今天的确没有月亮。

（原载《优秀作文评选》2007年第9期）

第六辑　乡村季风

“我出生在一个小山村，那里有我的父老乡亲……”，每每听到这首歌，我总会浮想联翩：我也出生在鲁西南的一个小山村，周围生活着善良淳朴的父老乡亲，我没有婉转的歌喉来颂唱他们，只能用手中那支笨拙的笔来叙写他们的勤劳与善良。

“庄户人”编辑部

“对对，咱这就是编辑部，叫‘庄户人编辑部’，你可要做咱这编辑部的主编哟。”

在外教书的我，每周末必挈妇将雏回老家探望母亲。

一周末，未进家门就听见我家院子里人声鼎沸，一片喧闹。惊异之余，我忙推开院门——满院的叔伯兄弟、婶嫂弟媳，十几口子，且人人手中拿着几张纸。

“大作家来了，俺们都等你半晌了。”

“你这里发文章，那里发文章，什么时候让咱这些庄户人拉的呱也能上上报纸杂志。”

“那个《农村大众》就发咱庄户人的文章。”

“对，那个栏目叫‘田园乡情’。那些文章，我期期都保留着，全是咱庄户人自家子的事，好看着呢！”

众人你一言我一语，弄得我丈二的和尚——摸不着头脑。这时，人群里村主任大伯发话了——

“大侄子，是这么一回事。惠民政策让咱农村一天一个样，日子越过越红火。这好日子一来，却又不知咋过了。打牌搓麻将，腻歪；看电视，唱卡拉OK，不新鲜……不知咋整的，这些大老爷们、小媳妇们，却喜欢上了读书看报写文章。他们写了不少，就是找不到人把关，不敢贴出来。这不，我想到了你——你是咱十里八乡的文化人，就帮帮他们呗。”

哦，原来是这么一回事。

我收了大家的稿子。那稿子真可谓五花八门：有用稿纸写的、有用自己孩子作业本写的，有的竟把文章写在拆开的香烟盒的背面……那字迹，有工整的、有潦草的，有用铅笔写的、有用钢笔圆珠笔写的，村里的老会计，竟然用小狼毫工笔写成的蝇头小楷，俨然古代读书人应试的卷子。

“都回去吧，在这里怪聒噪人的。这些稿子有小山子（我的乳名）认真批阅，从中选出三篇，再经过小山子精心修改后，有老会计誊写到大红纸上，在村文化墙上正式发表。发表文章的作者每人在村委会领取稿费100元。”

听到村主任的号令，大家嬉笑着散了。

我说：大伯，您这又审稿，又给稿费的，这村委会莫不成了编辑部了。

村主任头回听说“编辑部”这新名词，等他明白过来“编辑部”

是干什么的时，咧着大嘴嘿嘿笑了起来：

“对对，咱这就是编辑部，叫‘庄户人编辑部’，你可要做咱这编辑部的主编哟。”

当晚，我把所有的文稿精心批阅了一番，从中选出了老会计的《文明新村话村规》、李二嫂的《二蛋他娘》、柱子的《打工归来》。

第二天，我把所有稿子交给村主任并极力推荐了那三篇稿子。村主任又是一番“千恩万谢”。

又一个周末，我在村文化墙下看到了老会计工笔誊写的那三篇文章。在文章的最顶端，赫然写着这样的字：

主办：庄户人编辑部

主编：小山子

嘻，我也做了回主编！

（原载《农村大众》2008 年 3 月）

送　行

路上，狗蛋远远看到一个熟悉的身影——爹背着两个袋子，正艰难地往车站走着。

风更大，也更冷了，吹得人心凉凉的。

北风起，吹得满世界冷冷的。

这本是羁旅归乡游子回家的月份，可那些刚刚闲下来的粗壮男人们却不得不再次扛起行李，开往一个个未知的地方，去寻觅他们生活的希冀。

狗蛋的爹就是其中的一位。

爹明天就要走了,一家人正忙着给他收拾行李。被子、衣服、工具,把两个编织袋撑得鼓鼓的。

“爹，干脆用我的行李包装吧，反正我也用不着，你这样多寒碜！”

狗蛋的行李包是未婚妻娟娟送的，不在非常时期绝不拿出来使用。

爹一愣，惊异地看着儿子。好一阵子，才接过儿子手中制作精美的行李包。

娘赶紧过来，帮着爹把那两袋子东西倒出来，再慢慢装进行李包里。爹一会提提，一会儿背背，最后孩子似的坐在床上盯着包傻笑。

这一夜,爹和从前一样没有睡意,只不过今夜的月光似乎更亮些。

天刚放亮，狗蛋一家人就起来了，爹提上了他几乎瞅了一夜的行李包。

“爹，我送你去车站，这行李挺重的。”

爹满意地点点头。

爷俩正要动身，里屋的电话铃响了。一阵尖细的声音传了过来——

“狗蛋,快点来送我,带上那个行李包……要不就赶不上车了。”

“你不是说不去那儿打工了吗？怎么，还要去？”

“少废话，10分钟之内来送我，否则，咱俩告吹！”

“可……”

除了电话里沉闷的“嗡嗡”声，什么也听不见了。

爹已把行李包放在门外的车子上，焦急地等着儿子。

狗蛋耷拉着头走出了屋，低声对爹说：“爹，我要去送娟娟，您自己走吧。”

爹脸一沉，默默去提那包。

“爹，娟娟说要那包。”

狗蛋麻利地拿下包，以最快的速度把爹的东西倾倒在地上，拿包飞也似的骑车走了。

爹看着自己那堆凌乱的衣物，心里直堵得慌。

不知是路长，还是狗蛋骑得有些慢，等他到娟娟家时，娟娟已走好一阵子了。

看着手中的包，狗蛋又飞快地往回赶。

路上，狗蛋远远看到一个熟悉的身影——爹背着两个袋子，正艰难地往车站走着。

风更大，也更冷了，吹得人心凉凉的。

（原载《齐鲁晚报》2006 年 11 月）

三　坟

村主任的娘吐出最后一口气，油尽灯灭，溘然长逝。早春，山坳里至尊位置肩并肩排着三座胖胖的坟茔。

野鸡岭东面的山坳里，村主任家新迁的坟地。风水先生云：头枕青龙，脚踏白虎，后人必大福大贵也。

早春，那块坟地的“下处”凸起个小小的坟茔，冷冷清清的。无论是仙逝者的忌日，还是清明寒节，这里全然没有飘飞的纸钱、清香的果品、浓浓的火炮、孝子们的哀号，哪怕是女人们的抽泣。

“这女人，是老头子的二房，俺娘因她受了不少苦……看在她侍候老头子多半辈子的份上，就放这儿吧……不要脸的臭婊子！”很体面的村主任指着那坟茔，说出了生平最脏的话。

又是一年早春，山坳里炸开了锅：吹乐手伸头缩尾，直腰腆肚，连娘老子给的奶劲也不吝啬；身着丧衣的孝子贤孙们，一排排，一行行，一列列，作揖磕头，狂哭哀号，扯心裂肺。

“该死的爹啊，你死得这么晚呀，让俺丢人现眼到如今呀……”村主任大嚎，排泄着心中的怨懑。

圆坟日，一个胖胖的土馒头在坟地的至尊位置高高耸起。原先那卑微的坟茔早已不见踪影，是贪婪的种地人铲平的，还是流水冲走的，恐怕村主任最明白。

“膝下儿孙有孝心，清明寒节看祖坟”，村主任是千人之上人，自然是每节必往。猪头三牲，果品佳肴，爆竹阵阵自然不必说，还要干干咧咧嚎一通，哀声干云霄。

自从山坳里有了那座新坟，村主任的娘就病病恙恙的；自从他爹寿终正寝，村主任的娘就瘫在床上。

“他二人已入了坟，村主任的娘也就就没几天待头了；鬼以‘三’为吉数，那可是《三坟》《五典》里说的。”德高望重的老族长捋着一大把白胡子显得极神秘。三皇五帝时的《三坟》《五典》自然不可考稽，可看那势头，村主任的娘真没几天待头了。

村主任的娘犹如一盏耗油殆尽的灯，在儿孙们面前艰难地熬着。瘦骨嶙峋的身体在坚硬的炕席上印出块块血斑，既而流出血水，模糊一片。她呻吟着，时而发出几声歇斯底里的嚎叫。

“狗儿（村主任小名）！”她嚎叫了一声，怪瘆人的。

此刻，村主任的娘像吃了什么灵丹妙药，一时得了神通。她猛地睁开那双滞合了许久的双眼，嗓门也亮堂了许多。

“娘，我在这里。”村主任有些发呆。

"孩儿，你不是我的亲生，那二娘才是你的亲娘……"

"娘，你说什么？！"村主任惊异地望着娘。

"当年，你爹背着我跟你娘好，生下了你。我知道后大骂你爹。你娘对我说：'两个男人，你任选一个'。我选了你。我们约定至死不说出实情。可今儿不说，我怕他们不让我进'家'呀。"

村主任的娘吐出最后一口气，油尽灯灭，溘然长逝。

早春，山坳里至尊位置肩并肩排着三座胖胖的坟茔。

（原载《农村大众》2003 年 7 月）

邻里养老院

强子气呼呼跑过去，正要拉母亲回家，大厅墙上的几个大字让他惊呆了——"邻里养老院"。

刚子今年二十又五，和病恙恙的娘相依为命。刚子最大的嗜好是饮酒，且酒量特大，据说十里八乡没有对手，也从没醉过。

阳春三月，乍暖还寒，随着一阵鞭炮声响起，邻居强子家新楼房破土动工了。

强子大刚子三岁，是刚子的挚友。强子原来和刚子有相同的家境：孤儿寡母艰难度日。五年前，强子卧病多年的母亲终于撒手西去；也就在那年，强子独身去了深圳。而今，强子发达了，揣来十多万"大钱"不说，还领回个如花似玉的媳妇。

强子盖楼房，刚子本该前去帮忙，可今儿却在自家院里喝闷酒，嘴里还不时地骂着人。

"奶奶的，你鳖孙村主任的嘴是用来放屁的，那有钱的是你爹？……有俩臭钱有什么了不起，老子也有有钱的那一天。”

原来，刚子和强子两家之间有一条3米宽的死胡同，由于两家各自改门，胡同便废弃了。刚子多次给村主任说，要那胡同，将来好扩建房子，村主任当时也答应了。

可当“大款”强子回来后，村里竟把那胡同给了强子。

骂归骂，犯法的事，刚子还是做不上来的。

新楼房在刚子的怒气中直往上蹿，不到一月，二层小楼便耸立在刚子低矮破旧的瓦房一侧，煞是壮观。

新楼竣工那天，村主任代表强子请刚子赴“新楼竣工宴”，脸都气紫的刚子哪有那心情？

又一阵鞭炮声从强子家传来，人们赶会似的往强子家挤，闷在家里的刚子也透过门缝偷偷往强子家瞅。

这一看不打紧，刚子肺都要气炸了。原来刚子娘和其他老人正兴致勃勃欣赏强子家新楼呢。强子气呼呼跑过去，正要拉母亲回家，大厅墙上的几个大字让他惊呆了——“邻里养老院”。

怎么，这里用来做养老院？

正在招待客人的强子见到刚子，忙上前搭话。

“刚子兄弟，实在对不起，我不该从村里要了这本该属于你的胡同，可不要这地方，养老院盖不开呀。你也许纳闷，我为什么要盖养老院——当年，我为了照顾生病的母亲，只能待在家里，眼巴巴过苦日子，没机会出去大干一场。眼下，我们村与我当年情况相似的年轻人还不算少。父母的年迈或多病，严重束缚了儿女们的手脚，致使他们无奈地在家里苦苦地熬。我这养老院就是专门收纳那些年迈或多病束缚自己年轻儿女手脚的老人的；至于养老费用，他们儿女出去挣到钱再说——真挣不来，我免费！”

“强子哥，你不早说……”

“早说，你那新嫂子不让盖咋办？哈哈……来来，进来喝一盅吧。”

刚子参加了强子的“新楼竣工宴”，破天荒大醉了一回。

（原载《小小说大世界》2008 年第 12 期）

等　待

她把丈夫的头放在怀中，一手端碗，一手握饭匙，一勺一勺小心往丈夫嘴里送着。

冬天的后半夜，月亮已经下去了，只留下一片乌黑的天。村西豆腐坊的灯依然亮着，显得格外耀眼。

豆腐坊的女主人夜间一向很少睡觉——泡豆、磨豆浆、煮豆浆、点豆腐、压豆腐这些活全靠她一手操持，哪还有时间睡觉呢？

推了一会儿磨，她感觉腿酸酸的，便停下来卷了支旱烟，——烟叶是自己种的，烟纸是俩孩子用过的作业本，——抽了起来。这寂寞而漫长的冬夜全靠它了。

烟吸到半截，猛听到堂屋里喊娘的声音，她知道是二小子要尿尿了，忙掐死了烟，快步向堂屋跑去。

把二小子安顿好，又给大小子掖了掖被子，这才熄了西间孩子们的灯。她又打开了东间的灯，丈夫木偶般躺在床上，连那睡相都是憨憨的。

八年前，健壮的丈夫到南方打工，钱没挣着，回来就成这植物人了。

那时，大小子 3 岁，二小子刚过百天。说实在的，她有过再迈一家门的想法，且犹豫过好长时间，但最终还是坚定留了下来——不是什么海誓山盟的爱情，而是大写的天地良心。

给丈夫换了热水袋，又揉了一阵子那僵硬的手脚，连忙又回到了东屋豆腐坊。

孩子要上学，丈夫要治病，这豆腐坊能停下来吗？

孩子有长大的那一天，丈夫有站起来的那一天，她坚信。

今夜推这石磨特费力，是豆子没泡好，还是磨齿太深？她脱了棉袄，挽起了袖子。

要是有个帮手该多好呀，哪怕是光能给你说说笑笑解个闷。

她突然想起了老光棍二狗。

那次，也是这后半夜，二狗敲响了她家的门，说是来买豆腐。他进来后，抓起磨棒就推。都快50岁的人了，速度快着哩。她给他毛巾擦汗，他傻笑着接过来搭在脖子上；她端给他茶，他傻笑着咕咚咕咚喝了个底儿朝天。那一夜，显得那么短，她一点也没觉累。那次的豆腐做得特别好，出锅也是最早的一回。

从此以后，二狗似乎特别喜欢吃她做的豆腐，每次都是5块钱的。

唉，今晚他能来就好了。

不，不行！

她又想起了上次二狗临走时的一幕——

活干完了。她把前一天没卖完的豆腐全盛进了他的碗里，并说着客套话。哪料，他没有去接豆腐碗，而是将她重重搂在怀里，惊得她连豆腐碗都扔在了地上。

想到这里，她脸上红红的。

豆浆开了锅，天也快亮了。

她一边吆喝俩小子起床上学去，一边给丈夫盛了豆浆。

她把丈夫的头放在怀中，一手端碗，一手握饭匙，一勺一勺小心往丈夫嘴里送着。

早晨8点钟，豆腐终于做好了，她把豆腐挑子担到大街上，开始了新的等待。

（原载《天池小小说》2007年第3期）

山神庙

长年在外，有时挣钱，有时连路费都挣不来；今年在南方干，明年在北方干，总没有个准星。离家打工之前，磕个头，烧炷香，费不了多少事，可就让能俺心里充满信心和希望。

小山村西面的山坳里有座山神庙，没人知道是什么人、什么时间建造的。

山神庙其实就是一间小石屋，小得连窗户都没有。石屋坐北朝南，四米见方，墙面是用山上滚下来的碎石垒砌的，屋顶用薄薄的石板相互叠压勾连而成，呈拱状。朝南有一小门，人低头方能进入。

山神庙经历了一代又一代人，没人供奉，也没人损毁，平静而安逸。

山神庙被人关注是因为李老贵的二小子。

那是一个凄冷的深秋，村民李老贵抱着个红匣子来到村头，一见乡亲们便失声痛哭起来。人们忙把他劝回家，得知了一个晴天霹雳般消息——李家二小子在山西挖煤出事了……五万元，一个红匣子……可怜的孩子才21岁……

李家的事成了村民们茶余饭后的谈资，人们的思维也在不断搜索着二小子生前的形迹。

“唉，多好的孩子，就那么去了。”

“知道吗？二小子触怒山神了。大年初一，他和朋友们到山坳里玩。在山神庙前，也不知发了什么神经，二小子把山神庙顶的两块石板给掀了……”

“我说呢，人家的孩子打工都好好的，偏偏他们家出事。”

李家二小子触怒山神的事在村里传开了，村民们开始关注山神庙，开始敬畏山神。

第二年春天的一个上午，山坳里山神庙前来了许多人。先是摆上猪头三牲，燃香放炮；接下来村主任带领众乡民对着神庙作揖磕头膜拜不已；最后，人们爬上梯子，轻轻拆下一块块石头，高高举过头顶，再有人接过来，小心放到地上。

原来，村里要重修山神庙了。

新山神庙足足有原来的四个大，原来的石头只做了新庙的一部分地基。

新山神庙终于建成了。红墙绿瓦，檐角高挑，淡紫帷幔，金色神像，爆竹果品，缭绕烟香，加之熙熙攘攘祭拜村民，好一幅人间仙境。

年底，村主任两个在外打工的儿子饱囊归来：一个挣了一万五，一个挣了两万。

消息又在村民们中间传开了：山神庙是人家村主任提议修的；修时，人家又出了2000元。看看，人家孩子在外发财了不是，山神真有灵呀。

于是，土地庙一年四季香火不断，尤其是清明寒节、除夕新春，那土地庙前，爆竹阵阵，芳香袅袅，佳酿美酒，果品佳肴，前来拜祭的村民一排排，一溜溜，好不壮观。

此事传到镇里，负责新农村建设的乔镇长很重视此事。在新年前后民工都在家的时间，他专程去市里聘请了几位思想教育专家，前往小村进行“破除迷信”的思想教育。

专家们一个星期的精彩讲座，村民们仍无动于衷。

一位老妈妈说：丈夫、儿子，一年四季在外打工，俺能不担心？磕个头，烧炷香，费不了多少事，可就能让俺心里踏实。

一位常年在外打工的小伙子说：长年在外，有时挣钱，有时连路费都挣不来；今年在南方干，明年在北方干，总没有个准星。离家打工之前，磕个头，烧炷香，费不了多少事，可就让能俺心里充满信心和希望。

“经济越发展，破除迷信越难，这是哪门子怪事！”市里的几位专家不禁感叹道。

镇长和专家一行人走了，走得很无奈。

（原载《兖矿新闻》2008 年 6 月）

遗　愿

此刻，老汉像吃了什么灵丹妙药，一时得了神通。他猛地睁开那双滞合了许久的双眼，嗓门也亮堂了许多。

天刚蒙蒙亮，儿媳就将鸡蛋汤端到了老汉的床前。

“爹，您不是说要进城到他二叔家去吗，喝了这汤也就该起床了。”放下碗儿媳轻轻离开公爹的房间。

其实老汉早就醒了，也不知怎的，这段时间，他的胃出奇疼，特别是在夜里。疼归疼，老汉就是说不出口，只能忍——大儿两口子土里刨食不容易哪，还有两个学生，哪还有闲钱看病？再说儿子儿媳、孙子孙女对自己那个孝敬，已到了不能再提任何要求的地步。

想到大儿子一家，老汉就生二儿子、三儿子的气：一个县城国家干部、一个省城大学教师，你就不能帮帮你大哥？——年节带来的那些好烟好酒，管个屁用！

胃还在一阵一阵疼，疼得老汉把喝进去的鸡蛋汤吐了一地。

大儿子把老汉送到镇上汽车站，硬塞给老人200块钱。

老人出来的真正目的是让二儿子给自己看病，可到了县城后，却又改变了主意，径直朝人民医院走去。

等老人出了医院，天已到中午时分。租了辆简易三轮车，老汉就往二儿子家赶。

二儿子一家正在吃午饭，见老爷子大驾光临，全家人问候的问候，盛饭的盛饭，好不热闹。

"先别这么热情，我是来向二小子讨债的。"老汉面孔极为严肃。

全家人惊得目瞪口呆。

"小二儿，我养你22年，供你上学15年，对不？"

二儿子不语。

"为供你和小三儿上学，你大哥被迫辍学，是不？"

全家人不语。

"你上初三那年得了急性肠炎，是爹用你大哥卖血的钱给你看好的病，是不？"

二儿子眼里已滴出泪水。他真后悔这些年没能很好照顾爹和大哥，——可自己这边也的确忙呀。

"你大学最后一年，你给家里要钱；你知道吗？送给你的——那是你嫂子陪嫁的钱！"

"爹，我错了……"二儿子泣不成声。

"爹今儿给你要1万元养育钱，不过分吧！"

全家人惊异地看着老汉。

爹（爷爷）可不是这样的人，总是替每一个儿孙着想，今儿怎么了？全家人一头雾水。

“若今儿不拿出 1 万元，爹可真到衙门（政府）里闹了，闹你个忤逆，闹你个不孝！”老人说到这里，显得气愤愤的。

无论全家人怎么道歉，劝导，老汉就是不消怒火。

末了，二儿子只好拿了钱给老汉。

老汉拿了钱抹头就走；二儿子要用车送老汉，却被老汉骂了个狗血喷头。

二儿子接通了老大、老三的电话，兄弟三摸不着头脑。

下午，老人坐车直达省城。

三儿子做好晚饭等着老汉，桌上整整齐齐放着 1 万元钱。

老汉到三儿子家后，二话没说便把那钱装入兜中，随口说了句——还算你有良心！

老汉要连夜赶回农村老家，被儿子苦苦留住。

第二天一早，大儿子、二儿子风尘仆仆赶到老汉面前。

“爹来这儿，滴水未进，夜里还吐了几次……”三儿子一句话让大家警觉起来。

三个儿子强制老汉进了省人民医院，得到的却是令全家人心惊胆战的结果——胃癌晚期，没几天待头了，快回家料理后事去吧。

三个儿子都抢着把老汉留在自个儿家中，可老汉坚决要回农村老家。

老汉犹如一耗油殆尽的灯盏，在儿孙们面前艰难地熬着。他气息越来越弱，神志不清醒好几天了。

“娃儿们！”老汉猛地叫了一声。

此刻，老汉像吃了什么灵丹妙药，一时得了神通。他猛地睁开那双滞合了许久的双眼，嗓门也亮堂了许多。

“爹，我们在这里。”儿子们有些发呆。

“钱，钱在这里！”老汉从贴身的秋裤里扯出了厚厚一沓钱，“二儿、三儿，别怪爹无情，手心手背都是肉，我挂念你大哥呀！当我知道我没几天待头的时候，我最放不下的是你大哥；您两家舒舒服服一年都有好几万收入，您大哥累死累活一年几千元，还有两个孩子！”老汉干瘪的眼里流了好些泪珠。

“爹，放心吧，这钱全给大哥！俩孩子上学的钱，俺兄弟俩包了！”

“我的好孩子们！……”

老汉吐出最后一口气，油尽灯灭，溘然长逝。

（原载《天池小小说》2007 年第 6 期）

嚎三爷

三爷头枕着厚厚的一大摞申请书，盖了厚厚的一大摞红旗，死得很安详。

嚎三爷本不姓嚎，只因嗓门特大，又在“封山造林”那年头为大队看山，——大嗓门，山前山后响个不停，谁还敢偷柴窃草？——那些不能沾集体柴草便宜的人，就给他起了个“嚎三鬼”的绰号。“嚎”是对三爷的蔑称，而对于想极力讨好他而能沾些小便宜的我们，总甜甜地叫他“三爷”，直叫得老爷子眼眯成了一条缝，一时放松警惕，让我们丰篮满筐而去。

我们也并不是回回都能得逞，那次就被三爷堵进了山坳里。那天，我们几个小伙伴提篮背筐朝三爷“大本营”而来。几番“三爷好，三爷棒”后，老爷子就睡眼惺忪起来（后来才知是假装的），我们趁此钻进丰草的西山坳（当时，“封山”里的草是不准割的，秋后集体收割，成为生产队的牲口饲料）。到坳里才割几镰，脑后忽响晴天霹雳：“停！你们这些小毛猴子，这回让我抓住了不是……”接下来是交镰交筐，灰溜溜回家；而三爷则是提镰携筐，满脸堆笑朝“大本营”走去，俨然得胜的将军。

三爷的“大本营”在黑石梁。那儿地势高，又处“封山”入口处，对所管区域一览无余。要说“大本营”最醒目的还是那面旗子——枯木为杆，红司林布为面，上面还有三爷用黄粉笔歪歪扭扭画的镰刀斧头，在风中猎猎作响，威严极了。用三爷话说：依党员为标准，时时接受党的考验。

晚饭时分，三爷来我家送背筐了，末了发一通豪言壮语：大河不满小河干，没集体哪有咱私人？咱可不能指使孩子挖社会主义墙脚噢……父母客客气气将三爷送走。

“这老头思想觉悟高着呢，谁不知道他想入党？”“可不是，听说光‘入党申请书’就交了30份了，也没入上党，连他老婆都说他假积极。”看来，三爷的谆谆教导对父母没起丝毫作用。

三爷积极不假。那年天大旱，山顶树木逐渐叶黄枝干，就要被旱死了，是三爷一桶水一桶水往上担，一棵树一棵树不停浇，才致使西山未变成“癞子头”。旱季浇树，雨季植树，夏季防虫，冬季防火……红旗换了一面又一面，而三爷的“大本营”雷打不动。

三爷想入党也不假。从20岁时就往大队党支部提交申请，只到第31封时，才得到“思想积极，有待考验”的回复，激动得老爷子直往书记家跑。

在“大本营”最有趣的莫过于看看三爷在红旗下宣誓。挺胸收腹站在红旗下，整整皱巴巴的衣领，右手握拳高高举起，洪亮的声音在山谷传响："我宣誓：我志愿加入中国共产党……"那一回，我从头听到尾，三爷破例让我到"封山"柏树林里捡枯树枝。

当三爷递交第 32 封入党申请书时，军营里的儿子传来喜讯：儿子由预备党员转为正式党员了。家里终于有党员，三爷那个激动，请来亲朋好友吃喜酒不算，还当众替儿子庄严地宣了回誓。

三爷的第 35 封入党申请书直接交给了他的儿子，因为儿子转业在镇"组织办"工作，并挂职村里的支部书记。儿子说："党需要年轻人，你这么大年纪了，就算了吧。"三爷怔怔地看着儿子，没说一句话。就在那一年，三爷在"大本营"盖了一间简易的护林房，与老婆孩子两处分居。

儿子当了镇长，三爷依然守护着那片山林，依然升旗，宣誓，写申请。儿子让他下山，三爷对着树林流泪；老婆让他下山，三爷捧着一大堆申请书对着飘扬的红旗流泪。

一年，两年……人们时常听到黑石梁三爷宣誓的声音。

2005 年，70 岁的三爷猝死在护林房里。听第一个发现的人讲：头枕着厚厚的一大摞申请书（后来，一数整整 50 张），盖了厚厚的一大摞红旗（共 50 张，是护林 50 年用的），死得很安详。

（原载《邹城文艺》2009 年第 3 期）

第七辑　生活百态

一棵树上没有相同的两片叶子，大千世界没有相同的人生轨迹。芸芸众生间，有富者，有贫者，有善者，也有恶者，有慧者，有愚者……你我在这滚滚红尘之中，看踌躇满志者，也看穷途末路者；看左右逢源者，也看一筹莫展者……看完后，心中能留下一份宁静与豁达，也就够了。

傻　姑

凡是上门的女婿大都家庭条件差，都能吃苦耐劳，都靠得住；两口子过日子，要想让他对你好、对这个家负责，你一定要先要对他好；要想让你的孩子孝顺你，你一定趁着双亲健在，好好做给孩子们看……这些，傻姑都做到了。

傻姑原本叫秀儿，只因做事不符合常人逻辑，好犯“傻”，村人便忘记其真名，直呼“傻姑”了。

傻姑住在一个叫布兰屯的小山村里，父母都是老实巴交的农民。傻姑还有一个小她一岁的妹妹，叫莲儿。

少年不知愁滋味

不自不觉间，傻姑和莲儿长成了十七八的大姑娘了。虽是姊妹，她们长相却朝着两极发展：莲儿肤色白皙，面容俏丽，亦步亦趋婀娜窈窕，俨然一小家碧玉；傻姑却长得膀宽腰圆，人高马大，加之面色黝黑，立在那里宛如半截铁塔。

爹对姐妹俩说：我们家需要有人支撑门户，可又没有男孩子；你俩中必须留家中一个来招养老女婿。

莲儿对着镜子照了照自己姣美的脸蛋，一言不发。

傻姑说：爹，留我吧！愿意当上门女婿的人，大都长得不怎么好，正好与我般配；若留妹妹，可惜她了……

就这样，莲儿嫁给了邻村支书（村支部书记）的白面儿子；傻姑在家入赘了一个叫柱子的憨厚后生。

本村有一叫美儿的女孩，是傻姑要好朋友，也和傻姑一样在家入赘了一上门女婿。

美儿常常对傻姑说：上门女婿不牢靠，要严严管住他：不能让他管钱、随意回家、吸烟喝酒、下棋耍扑克……

虽然两耳灌了不少美儿管丈夫的“经”，可傻姑对柱子从来都不使用。她身体壮，总是跟丈夫抢重活干；男人是家的顶梁柱，家里大小事儿丈夫说了算；怕丈夫想家，三天两头陪丈夫回婆家，后来干脆把年迈的公公婆婆接来养；就是双胞胎儿子也是一个姓婆家姓，一个姓娘家姓。

倍受感激的柱子甩开了膀子跟傻姑过日子，对傻姑爹娘比自己亲生父母还亲。夫妻一心，黄土变金，没几年他们家就盖起了两层小洋楼。

出嫁后的莲儿并不幸福：那小白脸丈夫，打小娇生惯养，不学无术，除了吸烟喝酒耍大牌（赌博）外，无所事事，心气不顺时还对莲儿用些家庭暴力。

受了气的莲儿经常住娘家，一住就是小半月。看着忙里忙外且又待人知疼知热的姐夫柱子和姐姐一家人住着的这宽敞楼房，莲儿心里那个羡慕：当初，我要留在家里就好了……

美儿经常在傻姑面前唠叨自己丈夫是白眼狼：住我的、吃我的、穿我的，末了还偷偷给公婆钱；这几年，他还用“离家出走”来威胁我！他就是不跟俺一条心，天下最毒的白眼狼！……

在村里，傻姑两口子孝敬老人是出了名的：从一日三餐的口味到春夏秋冬的衣服，从平日里的问寒问暖到病床前的擦屎刮尿，两口子从来没慢待过，就连他们那刚刚蹒跚学步的孪生儿子都知道有好东西要往爷爷奶奶嘴里掖。

光阴似箭，日月如梭，后来傻姑两儿子考中了大学，再后来都在省城立了业成了家。每到节假日，孩子们都会大包小包拎着，挈妇将雏来看爸爸妈妈爷爷奶奶们。

每每见到此景，村里那些不孝子的父母们常常惊叹不已：人家傻姑有傻福哪，看人家，摊上这么两个孝顺孩子，俺家那两个畜生没法跟人家比！

可村里已年过八十饱读诗书的二先生却这样认为——

凡是上门的女婿大都家庭条件差，都能吃苦耐劳，都靠得住；两口子过日子，要想让他对你好、对这个家负责，你一定要先要对他好；要想让你的孩子孝顺你，你一定趁着双亲健在，好好做给孩子们看……这些，傻姑都做到了。

古书上说“大智若愚”，傻姑就是大智若愚呀！

（原载《天池小小说》2010 年第 2 期）

黑儿白儿

而今，村里再也没有人叫他白儿了，他有了一个新名字——疯子黑脸。“黑儿”这个名字也没人叫了，人们都记住了他本来的名字——王发财。

大杂院里的孔家、王家各有一个9岁的小男孩：孔家男孩玉面红唇，方口阔鼻，眉宇间显示着十足的灵气，大家都叫他“白儿”；王家孩子黑面皮，厚嘴唇，胖乎乎，矮墩墩，大家都叫他“黑儿”。

其实，白儿、黑儿都有各自的名字，只是大家整天价“白儿”“黑儿”地叫着，就忘记了他们真正的名字。

白儿书香世家，祖上还有人中过功名；黑儿八代贫民，到他爹这辈学问最高，也不过高小文化。

大杂院里人多嘴杂，背着孔王两家，偶尔对俩孩子评头论足：人家白儿是孔夫子的后代，遗传的是大学问家的基因，今后定会有大出息！看人家长得……你再看黑儿，长得黑不溜秋的，像头西北纯种黑叫驴，天生出苦力的命！……

白儿和黑儿在一个班上学，那学习成绩却差得老远。白儿总是正数第一，黑儿倒数第一。在班里，黑儿的作业、考试等很多事儿得依靠白儿，所以对白儿极力讨好：帮着打扫卫生啦、回家替背书包啦，要是有了好吃的，黑儿自己不吃也得给白儿。

黑儿给白儿当了5年“书童”就辍学了。辍学后的黑儿卖了半年糖葫芦，后又分别跟李铁炉、张木匠、刘裁缝当了几年学徒，最后跟着堂叔下了深圳。

白儿上高三的那年春节，黑儿衣锦还乡了。只见他革履西装，粉红领带，时髦发型，面皮虽然黝黑，可油汪汪的，表现出十足的福气。人们虽然还叫他“黑儿”，可满嘴里讨好的话：胖多了！……俊多了！……变白了！……

白儿出来见黑儿，不免有些自惭形秽：短短几年，就落得一瘦一胖、一穷酸一富足、一遭人冷落一受人尊敬……白儿打心里不愿见黑儿，虽然自己满腹学识。两人握一下手，打一声招呼，也就各回各的屋子。

那几天，白儿怎么也看不下书去，满脑子黑儿西装革履很体面的身影。假期未满，白儿就坐上了返校的汽车。

白儿参加了3次高考，没等来梦寐以求的大学通知书，却等来小院里噼里啪啦的鞭炮声——黑儿结婚了。

黑儿的媳妇是个南方姑娘，长得苗条匀称，细皮嫩肉，鹅蛋形脸盘儿，丹凤眼，樱桃口，加之时髦服装和高耸的胸部，那模样真叫个俊，人们都看呆了。黑儿站在新娘旁边，活脱脱一头笑容可掬的大狗熊。

看新娘的人群中也有白儿。不过，他没有像旁人那样狂呼喝彩，有的是无端的压抑和苦闷。

黑儿邀请白儿喝喜酒，白儿一言不发，默默回到了自己的房间。晚上，黑儿洞房里甜言蜜语，可白儿的房间里似乎有男人的哭声。

白儿又去复读了。一年后，通知书他又没能等来，等来的是小院里阵阵婴儿的哭声——黑儿媳妇生了个大头儿子。

又是一阵噼里啪啦的鞭炮声，黑儿要为儿子过“满月”。小院里来了好多黑儿的亲朋好友，喜庆气氛相当热烈。

突然，小院里不知从哪儿跑来了一个满脸涂抹了一层厚厚锅灰的男人，口里还不停地喊着：我的脸也黑，我也是黑儿，我也是黑儿！……

那黑脸是白儿，他疯了，疯得很彻底。

而今，村里再也没有人叫他白儿了，他有了一个新名字——疯子黑脸。“黑儿”这个名字也没人叫了，人们都记住了他本来的名字——王发财。

（原载《邹鲁作家》2010 年 4 月）

不　幸

冷风呼呼地刮着，天气似乎更冷了。人们忙把手缩回去，扣上衣衫最上端的那个纽扣，以便让胸中多些暖意。

几片黄叶在寒风中飘舞，似乎在述说深秋的悲凉。

人行道上晃动着几个背蛇皮袋民工模样的人。他们把最后一粒稻谷收进粮仓，安顿好家里的老人和孩子，匆忙利用一年中这最后一些时间来城里为老婆孩子挣点过年的新衣钱。

对于这些衣衫不整的“短衣帮”，市民们早就接受了，因为城市的繁荣也真缺少不了他们。

他们在人行道上走着，很缓慢。也许他们正沿街寻找着挣钱的活儿路，也许是为了省下坐公交的那一块血汗钱。总之，他们已经走了很久很久。

蛇皮袋是特肥大的那种，也许只有这种才能装下他们在这里度过整个严冬的行李。袋子横压在一个个脊梁上，形成了一架架“十”字，鲜活而生动。

城市依然车水马龙，没有因为多了几架灰色的“十字”而减弱它的豪华。一辆辆熟悉而又陌生的轿车呼啸而过，几片刚刚落下的黄叶被重新震飞，悄悄落在了那几条行走着的蛇皮袋上。

“哎哟——”随着一声惨叫，一架“十字”重重地贴在了地上。

一辆驶入人行道的黑色桑塔纳轿车，猛地冒出一阵白烟，左拐右冲，一晃便不见了踪影。

人们纷纷停住了脚步，表现出关切的神情。有几位老人还把一些钱和随身携带的“创伤贴”拿了出来，嘴里不停念叨着什么。

“你这个婊子养的，到前面就得撞死！你全家不得好死！……”被人扶起那个满脸是血的中年男子对着轿车逝去的方向当路嗷嗷骂着。

一串串带着乡音的咒骂声响彻在每个路人的耳旁，高亢而有力，冰冷了一双双已经伸出来原本滚烫的手。

冷风呼呼地刮着，天气似乎更冷了。人们忙把手缩回去，扣上衣衫最上端的那个纽扣，以便让胸中多些暖意。

生活中遇到的不幸并不可怕，可怕的是人性中固有的不幸。

（原载《兖矿新闻》2009 年 3 月）

五百元一枚

老人抓着带血的尼龙绳，嘴里仍絮絮叨叨着：甭想抢我的宝，要买，500 元一枚。

某市汽车站。

这里俨然一个大市场。卖书卖报的、卖水卖零食的、卖日用小商品的……他们穿梭于车辆与旅客中间，动用各种有效手段招揽着生意。其间还有些花枝招展的姑娘，见人便微笑致意，也不知干着什么勾当。

在这群生意人中间，还走动着一位须发皆白，身着黄军装的老人。老人出售的是老式军功章。十几枚熠熠发光十分罕见的军功章，也不知按什么顺序扎在一条浅绿色的尼龙绳上。绳子两头合拢，打了个结，套在老人的脖颈上。

也许老人耳朵太背了，对别人的问话，总反复说着一句话：500元一枚。

老人面前围了些好奇的人，但没有一个掏钱买的，——谁愿意花500元买一个假牌牌呢？

“制服来了——”不知谁大喊了一声。

一时间，除老人以外的生意人如人间蒸发般从车站消失。真让人感叹，在夹缝里生存的人们应急性这么强啊。

十几个穿制服的人朝这边来了。他们在车站走来走去，眼睛不时搜索着车站每一个角落。

老人茫然地看着这一切。

“这里还有一个卖东西的，快赶他走。”几个强悍的制服快步走到老人面前。

“卖什么的？”

“要买，500元一枚。”

“好呀，你不仅违规销售货物，还利用假货行骗！”

老人看着眼前的这些不速之客有些不对劲，两只眼睛变得鹰般机警。他后退几步，靠在一辆停着的大巴侧面，双手紧紧抓住脖子上的尼龙绳。

“假军功章全部没收，人送派出所。”一制服头目发话道。

老人双手紧紧抓住尼龙绳，誓死不放。

两制服齐夺那串军功章，可尼龙绳仍稳稳套在老人脖子上。

老人的固执，激怒了一“大块头”，他抓住绳子狠命一带，老人随即倒地，可老人的手仍没松；“大块头”更火了，抓住绳子猛跑几步，水泥地上顿时留下一道道血痕……

周围挤满了人，似乎有人议论着什么，还似乎有人在不停地拍着照。

最终，有人拨打了110，老人被带到附近派出所警务室。

老人抓着带血的尼龙绳，嘴里仍絮絮叨叨着：甭想抢我的宝，要买，500元一枚。

无论干警们是用语言还是用手势，还是用写字的方式与老人交流，都不能成功。老人还那句话：500元一枚。

没办法，所长只好请来市博物馆的鉴定专家，来鉴定老人军功章的真伪。

专家的结论：全部是解放战争、抗美援朝时期的真军功章，有好几枚，连我们博物馆都没有！

所长似乎明白了什么，让老人走了。

第二天，该市的晚报，头版头条报道了这样一则消息——《英雄卖宝助学子，车站反倒遭殴打》，报道了一位身经百战的老革命，为助上大学的学子，拿出自己所有军功章出售的感人事迹。让人遗憾的是，在车站，老人被城市管理人员狠狠打了一顿……消息还配有彩色图片，正是在水泥地上拖拉老人的那幅。

那图片真醒目！

（原载《辽河》2011年第3期）

照　相

今天桥面满是雪水，若搀扶奶奶过去，奶奶的脚就会踏在没有栏杆的桥板边上！狗儿不由分说，弯下腰去，轻轻背起了并不沉重

的奶奶。

飘飞的雪花簌簌落在地上，既而化成了雪水，路面变得愈加泥泞湿滑起来。奶奶颠着三寸金莲由孙子狗儿搀扶着，在这湿滑的泥路上小心地挪着。

那年，狗儿16岁，奶奶66岁，可个头要高出奶奶好多了。

祖孙俩要到村大队院里去照相。因为听队长说，要办什么身份证，挺重要的。

路上，有好多贪玩的孩子，他们一会儿放着鞭炮，一会儿在雪地里跑着，笑声和鞭炮声弥漫了整个天空；也有像狗儿这样的半大小伙子，个个穿着喇叭裤，在雪中踱着，裤腿上虽然沾了好多泥浆，但依然显得风度潇洒。

奶奶说，还要什么“身份证”呀，俺狗儿就是我的身份。

没有身份证，可出不了远门。狗儿说。

雪还在下着，奶奶花白的头发上已沾满了雪花。狗儿忙脱下笼袄的褂子，用双手撑开，高高地悬在奶奶的头顶上。

这傻孩子，就知道疼奶奶。路上行人不时传来这样的赞叹。

狗儿怎么会不疼奶奶呢？奶奶是他唯一的亲人。

狗儿从小没喝过一口奶，是喝着奶奶的唾液长大的——一年四季里，奶奶将烤地瓜、烤土豆、花生等物细细地在嘴里嚼着，直到成细糊状，再像老鸟喂小鸟那样口对口喂着狗儿。

三岁上，狗儿头上长满了毒疮，恶臭恶臭的。那时正是三伏天，看看满头的脓血就恶心，不用说那腥臭味了。奶奶一天六遍用盐水洗，还寻来好多偏方给他整治。就说用眉豆叶涂抹的偏方吧，奶奶几乎摘净了村里所有的眉豆叶子；邻居们说，天天能听到老太太用蒜臼子捣眉豆叶的声音。

去大队院要经过一座石板桥，桥面很窄，勉强能过去两个并排的人。今天桥面满是雪水，若搀扶奶奶过去，奶奶的脚就会踏在没有栏杆的桥板边上！狗儿不由分说，弯下腰去，轻轻背起了并不沉重的奶奶。

雪花依然飘着，可暖暖的空气顷刻就融化了它那冰冷的六角面孔。

大队院里挤满了人，派出所户籍员不厌其烦向人们解释着——

咱办的这叫身份证，是今后外出打工或办什么事的一个凭证；请大家在这里报出你的姓名、出生年月，若与我手中的底子相符了，再到那边去照相……

他搀扶着奶奶在人群中耐心地等着，不时地给奶奶揉揉手和脸。

终于该这祖孙俩照相了。

叫什么？

蒋刘氏。

哪年生？

1921 年 7 月 28 日。狗儿抢先替奶奶说。

这孩子满不满 16 岁？

满。奶奶说。

叫什么？

蒋刘生。

哪年生？

1971 年腊月初一，是我报的户口。奶奶抢着说。

他的父母姓名？

祖孙俩一时语塞。

旁边的老会计忙给户籍员打着手势，示意让祖孙俩先进去照相。户籍员也只好这样做了。

等祖孙俩照完相，再次蹒跚在雪幕中，老会计才说了句——

那孩子是那孤寡婆子16年前的这时候，在雪地里捡的。

（原载《中外读点》2008年第6期）

绝　招

当二狗家的土坯房换成钢筋水泥大平房时，人们这才对这大网后面的“钱图”刮目相看，可惜晚了，天上几乎连只飞鸟都没有了。

要想挣大钱，必须有绝招。村子里的人对此深信不疑。

（一）大春的绝招

村子附近纵横着几列大山，山上盛产全蝎，因而这里的孩子们经常利用课余时间，到山上扒全蝎，卖得三块五块，再到文具柜上挑选几样可心的文具。

山上的全蝎年年扒年年有，孩子们书包的文具年年也都是新的。

可这事儿让大春琢磨上了。他在山上扒了些全蝎，放在自家盆里，利用声、光、冷、暖反复试验；市场上全蝎的价格不断攀升，他的热情日益高涨。

他终于研究出了一整套捕捉全蝎的绝招——夜间，利用强光手电筒照，蝎子会自动从石块下爬出来，束手就擒；用这绝招捉全蝎省时省力，效率奇高。

夜深人静，山头上闪过一道道强光，人们还以为那是牧羊人在寻找丢失的羊呢。

当大春把那一缸缸的全蝎摆在人们面前时，人们大呼：捉蝎大王！当陈大春成了村里第一位“万元户”时，附近的山上恐怕连个蝎子腿也没有了。

（二）柱子的绝招。

柱子和他老婆在城里的“野味大酒店”当服务员好多年了，钱虽没挣多些，但房子总算盖起来了，让村里人着实羡慕不已。

新年过后，柱子两口子竟然不去城里，成天价在山前山后瞎转悠，也不知搞什么名堂；再后来，他们弄来了好些细铁丝和木桩子在家里瞎鼓捣，更是让人摸不着头脑。

每天傍晚，柱子总是背上一大捆绑有套子的木桩子上山，直到很晚才回来。

一天早晨，人们发现柱子和他老婆从山上扛下来两大麻袋什么东西，随即被村头的一辆小货车拉走了。

当柱子两口子将自家小汽车开进村时，人们才知道——柱子两口子在城里收购野味时，学会了用套子捕捉野生动物的绝招，忙回乡如法炮制，大肆捕捉；他们用这段时间卖野味的钱，买了辆小汽车，那钱还没用完呢！

更让人不解，柱子逮的一只小獾猪竟卖过一头大肥猪的钱！

恍然大悟的人们也想发柱子那样的“奇财”，可附近的山上恐怕连只野兔也见不到了。

（三）二狗的绝招

秋天，二狗和他老爹在西山上打柏籽儿。二狗举着杆子在树上用力敲打，爹在树下张开一面大大的网接着。那网眼很密，仅能漏掉黄豆粒，而未脱壳的柏籽儿恰好能被兜住。

中午，爷俩口渴，便前往泥鳅湾的滴水泉找水喝。喝完泉水后，二狗把网放到水边，和爹在树荫下休息。

忽然，一只来找水的山鸡落在了网上，爪子伸进了网眼，被网线紧紧套住。就这样二狗爷俩轻轻松松捉了只肥胖的山鸡。

回村后，那山鸡，被柱子用一张崭新的绿票票买走，这让二狗激动了大半夜，也琢磨了大半夜。

第二天，二狗到了镇上，回来时背来好多不同颜色的网，花花绿绿的，好不壮观。

钻山谷，走山梁，二狗每每发现水源地，便会在那里安营扎寨，接着便布下天罗地网。

在以后的日子里，收野味的商贩云集二狗家。每每夜幕降临，商贩们都会留给二狗厚厚一叠钞票，满载而归。

整天背着袋子扛着网在山上瞎转悠，村民们对二狗不以为然；当二狗家的土坯房换成钢筋水泥大平房时，人们这才对这大网后面的“钱图”刮目相看，可惜晚了，天上几乎连只飞鸟都没有了。

自从大春、柱子、二狗用绝招挣了大钱后，村里又出现了三愣子用炸药炸光了圣水井的珍稀小白鱼、四胖子用毒雾捉光了老龙峪的青斑蟒，五油子用油锯砍光了东山旮里的那片冷水杉，最奇的还是那小六子，也不知道这小子用什么法子，竟探出了村东的东岳庙下有名贵文物，竟然神不知鬼不觉地倒腾出去卖了大钱。

村里村外的好东西越来越少，可村子里挖空心思“想绝招，挣大钱”的人越来越多。

（原载《小说林》2012 年第 1 期）

先给狗盖幢楼

“噢！能换钱就有窝，不能换钱就没有窝，这是啥子道理！它成天为咱看家护院，吃不好，住不好，容易！”我的火气丝毫不亚于老伴。

今冬冷得早，冷得猛，家里居无定所的看门狗，在外面冻得嗷嗷直叫。

哪有闲工夫理会这畜生呢，我正愁着呢！

好久没往家里打电话的儿子来了个电话，语气里充溢着万般的无奈和埋怨——

“爸，鉴湖家居开盘了，最便宜的每方 4600，别再等了！——三年前我就给你说，贷款咱买吧，您就是不听，要不，您孙子都抱上了……”

三年前，儿子和他的女朋友技校毕业后在县城的一家机械厂上了班，工资虽不多，也足够他们衣食住行消费的了。看着独生儿子工作、婚事都有了着落，我和老伴心里有一种说不出来的亮堂。

一个电话，让我和老伴心中变得阴云密布起来。

“爸，您想办法给我在城里买套房子吧！也就 20 万，三室一厅……再说兰兰（儿子女朋友）家也要求咱城里有套房子……”

20 万！这些年我两口子不舍得吃，不舍得穿，大汗珠子摔八瓣，又有幸遇上国家这样的好政策：免了农业税、儿子上技校有补贴，才总算有了点积蓄，也就小 10 万，离 20 万远着呢！到亲戚朋友那里借 10 万？他们大都还不如我呢！到农村信用社去贷？一年近 1 万元的利息，与我们家年收入差不多，哪有日月还上本金！……

我和老伴掰着手指头筹算了好一阵子，最终给儿子回了电话：等房价降降再说吧！

年底，儿子放假回来过春节，脸阴得能滴下水来。为了缓和气氛，我笑吟吟对儿子说：今年收成不赖，我和你娘商量好了，春上给你买楼！我想儿子一定会喜形于色，哪知他嘴一撅——房价已经涨到每平方米 3600 啦，买个球！

那个春节全家人几乎是揣着铅块度过的，沉重极了。

下半年，全球经济的厄运竟成了我家的福音。

“爸，经济危机也波及了咱县城，房价降了，最贱的也就3000(每平方米)；您借些，我再贷一点，咱就买了吧！”

电话里的儿子很急切。

“别这么猴急！经济危机至少得3年！这才是降价的头，以后会更便宜！你和兰兰再耐心等一阵子，房子一定还会降价的！”

老谋深算的我很自信。

2009年春节，我们过了个充满期盼的喜庆年。

一开春，老伴就揽下了好些“糊火柴盒”的生意，年过半百的我也和青壮年一样上了山，抡起了开山采石的大锤。全家人在为儿子的楼房努力拼搏着。

五月，儿子来电话：房价又涨到3600。我和老伴一宿没合眼。

八月，儿子来电话：房价涨到4000。我和老伴一天没吃没喝。

十月，儿子来电话：房价涨到4300。我和老伴都流下了眼泪。

入冬以来，儿子再也没来电话。我们老两口子对着电话机又怕又盼，整天提心吊胆的。

儿子终于在2009年的最后一天打来了电话——每方4600，咱就买个80平方米的小户型：不到40万！……

40万！我的个老天爷！

天渐渐暗了下来，门外看门狗的哀号似乎更响了。

“这死狗，就知道嚎；你没窝，不能钻到羊圈凑合凑合！”老伴不禁悻悻地埋怨道。

“你光知道骂狗，狗的窝呢？为给儿子筹钱，你拆了狗窝盖羊圈，只在西边搭了个简易的狗窝；后来连那个简易的狗窝也被你拆了垒猪圈；再后来，你又垒鸭窝、鸡窝，又垒兔子窝，哪还有狗的地方！”我为狗抱不平。

“你一口一个‘狗’，狗能给你换钱？没有钱，咱儿子的房子猴年马月才能买上！”不知老伴今儿哪来这么大的火气。

“噢！能换钱就有窝，不能换钱就没有窝，这是啥子道理！它成天为咱看家护院，吃不好，住不好，容易！”我的火气丝毫不亚于老伴。

“不容易，你又能怎么样？你要觉得它不容易，明年你就给它盖个小洋楼，像爹一样供着它！”

“盖就盖！奶奶的，儿子的楼咱买不起，给狗盖幢楼咱还盖不起！”

捋了捋袖子，我粗着嗓子向老伴吼道——

“你听着，2010，我先给狗盖幢楼！”

（原载《天池小小说》2010 年第 6 期）

枣儿谣

屋子里，爷爷奶奶正搂着两个红红的小盒子瘫坐在地上，盒子上满是泪水，似乎显得更红了。

“枣儿甜，枣儿香，”

“枣儿甜，枣儿香，”

“要吃枣儿喊爹娘。”

“要吃枣儿喊爹娘。”

大枣树下，奶奶教一句，三岁的男孩枣儿跟着学一句。

大枣树上那些小拇指般的青枣，每听一句，似乎都会从浓密的树叶里发出沙沙的叫好声。

少年不知愁滋味

奶奶总是用教唱歌谣的方法来阻止孙子想爸爸妈妈，因为他们正在一个很远很远的地方打工。

那是大枣树刚刚萌生新芽时节，一家人在树下吃午饭。枣儿爸抚摸着枣儿头对枣儿爷爷说，从枣儿入学到大学毕业，少说也得10万块；以后他结婚、买房又得不少钱……要不明天我们就去深圳吧，听说那里的钱很好挣。

枣儿不愿意爸爸妈妈离开，撕心扯肺哭了小半天。

离开爸爸妈妈的枣儿其实也很乖，一会看看大枣树那好看的虬枝，一会抱一抱那咧着大嘴的枣树干——他把大枣树都快当成爸爸妈妈了。

忙小麦时，大枣树上开满了花，一簇簇淡黄色的小花，喇叭似的，躲在浓密的叶子后面，把整个小院熏得香甜香甜的。

枣儿爸妈来信了——钱很好挣，每月一千多呢；若家里忙完麦子了，（枣儿爷爷）也来吧，粮食粒子能卖几个钱？

忙完小麦，枣儿爷爷也去了深圳。

“爹娘拿来竹竿竿，”

“爹娘拿来竹竿竿，”

“打下红枣一片片。”

“打下红枣一片片。”

大枣树静静地听着，落日的余晖把它的头颅染得血红血红的。

“爹不吃，娘不吃，”

“爹不吃，娘不吃，”

“留着乖乖过年吃。”

“留着乖乖过年吃。”

咣当——大门开了——枣儿爷爷拎着个鼓鼓的大红包袱走进了家门。他耷拉着头，好像不敢正对大枣树下的这娘俩。

“爷爷来了，给我带来好吃的了。”枣儿拍着小手去迎爷爷。

枣儿爷爷忙把红包袱擎在胸前，理都没理枣儿，径直到堂屋去了，眼里似乎闪着泪花。

奶奶感觉不对劲，忙对枣儿说。

“爷爷买了好多好吃的，等枣儿会唱了《枣儿谣》，再给！”

奶奶进了屋；枣儿在大枣树下很卖劲地唱《枣儿谣》。

“枣儿甜，枣儿香，

要吃枣儿喊爹娘。

爹娘拿来竹竿竿，

打下红枣一片片。

爹不吃，娘不吃，

留着乖乖过年吃。”

奶奶教的歌谣，枣儿终于会唱了。

枣儿喊着爷爷奶奶跑进了屋。

屋子里，爷爷奶奶正搂着两个红红的小盒子瘫坐在地上，盒子上满是泪水，似乎显得更红了。

（原载《兖矿新闻》2007 年第 4 期）

第八辑　校园广角

也许有很多人这样认为：老师和学生是天底下最光鲜亮丽的人，一个是为人师表的辛勤园丁，一个是孜孜以求科学文化知识的莘莘学子；在校园这圣洁的舞台上，潇洒地书写着快意人生。然而，谁又会想到他们生活中的艰辛与无奈呢？

女儿的日记

爸妈起早贪黑忙活两三天才挣50元，容易吗？爸妈给的每一分钱我都得珍惜，因为那里面带有爸妈的血汗呀。

小山村“百年老字号”的豆腐坊要搬迁了，因为主人要随独生女儿到县城去。

主人是李老汉，他的女儿今年考上了县一中。

一家三口将房屋、责任田委托给邻居照看，带上做豆腐的所有家什上路了。

在学校附近租了两间门面屋，夫妻俩又开始了他们往日的营生。

生意虽不红火，却也总能裹住三口人的生活，况且女儿是个极俭朴的孩子。

夫妻俩挤在豆腐坊里，把另一个清静的小房间留给女儿。女儿一走，夫妻俩才开始工作；女儿一来，俩人便忙停住手头上的活计：一定要给女儿一个清静的环境温习功课。女儿上学去，老伴忙去为女儿收拾房间；女儿放学归来，李老汉忙给女儿端上可口的饭菜。

日子过得可真快，一晃两年过去了。女儿不但学习成绩优异，那模样也出落得花儿一般娇艳。

这天，老伴的手在做豆腐时受了伤，为女儿收拾房间的任务就落在了李老汉身上。

女儿的房间并不凌乱，老汉只是周正一下枕头、叠好的被子和床头上女儿昨夜看的一些书就行了。

今天，老汉收拾完女儿房间有些心惊肉跳，因为他看到了自己原本“不该看”的东西——女儿的一页日记：

11 月 6 日　星期一　晴

伟是我们班的班长，高大英俊，有一种别的男孩子所没有的气质。自从那次野炊以后，我总想对他说那三个字，特别！特别！他似乎忘记了那次野炊，忘记了当时向我的承诺……

今天的生意特红火，可李老汉的心里郁闷极了，从来没有过的。

第二天，老汉又去为女儿收拾房间。那双颤抖的大手又打开了那本粉红色的日记——

11 月 7 日　星期二　晴

今天，伟又到学校小卖部买东西了，穿的还是那件漂亮的白色风衣。我真想冲上前去向他说出那三个字，可是我没有——这不仅是因为他身旁还有几个男孩子，更重要的是我一个农村女孩子的自尊。

老汉哆嗦着走出了女儿的房间，心里乱极了。

老伴的手伤好多了，可替女儿收拾房间的活儿，老汉就是不让她插手。

老汉又打开了女儿的日记。

11月8日　星期三　阴

今天，我又见到伟上小卖部了，且手里捏着张百元大钞。看来，他家还是挺有钱的；听人说，他爸妈都在县政府里上班，还是个什么“长”的……如果真是那样，那我更要向他说出那三个字，因为我要对得起我可怜的爸妈……

老汉感到羞耻，他恨不得抽女儿两个耳刮子，并骂出生平最脏的话——你这个势利的混账东西！

吃午饭时，老汉想教训一下女儿，可看到女儿一边吃饭一边看书刻苦学习的样子，到嘴边的话又咽了回去。

老汉发誓不再看女儿那“乌七八糟”的日记，可收拾完房间后，那双昏花的老眼又盯上了——

11月9日　星期四　小雨

今天的雨真有诗意啊，它终于让我说出了那三个字，不，只两个字。放学时，他撑着伞在前，依然穿着那件漂亮的风衣；我撑着伞在后，紧紧跟着他走了好长时间。快到分路口了，再不说可就没机会了，快说！快说！我忙跑上前，鼓起十万分的勇气，说出了：还——我——我实在没勇气说下去了，唉，我太爱面子了！但愿他能理解我的意思，但愿！但愿！

“还我……还我什么呢？还我爱？还我情？还我真心？……”老汉越想越迷糊。

这一夜真长啊，老汉夜里坐起来抽了好几袋烟。终于盼着女儿上学去，老汉迫不及待打开了女儿房间的门。

11月10日　星期五　晴

今天真高兴哪，班长借我那50元钱终于还我了。就是吗，那次野炊，他明明向我承诺好的："第二天还你！"也许50元钱在他家里算不了什么，可在我家那可是个大数字。爸妈起早贪黑忙活两三天才挣50元，——爸腰不好，妈妈的手又伤了，——容易吗？爸妈给的每一分钱我都得珍惜，因为那里面带有爸妈的血汗呀。

"我的孩子！"

老人一行滚烫的热泪滴落在女儿粉红色日记本上。

（原载《文学少年》2014年1月）

一块钱

"俺娘中午没给俺带饭，只给了一块买馒头的钱；上午捐款，同学们大都几十块几十块地捐，可俺兄弟俩才捐了一块钱！丢死人了——俺站在操场上越想越觉得对不住灾区的小朋友，就……"

2008年5月19日1 4时28分，某偏僻乡镇中心小学简陋的操场上，静静地站立着三百多神情凝重的师生。

悲楚、哀痛、牵挂、深情，笼罩着每一位师生的脸。每个人眼里都泪涔涔的。耳畔除了广播喇叭里那长鸣汽笛声、尖厉警报声，一切都是静静的。

七天了，师生们的心紧缩了七天了。在这些日子里，师生们唯一关注的是四川受灾同胞的安危，唯一的话题就是"抗震救灾"。这不，今天上午学校全体师生进行了"抗震救灾募捐"活动，师生异常踊跃，一个四年级的女同学竟捐了900元——她出生以来所有的压岁钱。

"哇——"

站在四年级最前排的王小明同学大哭起来。师生们看着这个懂事的孩子，盈眶的泪水不禁吧嗒吧嗒砸在并不平坦的地面上。

“哇——”

站在第二排小明的孪生哥哥小亮也大哭起来，似乎比弟弟更痛心，更撕心裂肺。

突然，警报声起，淹没了俩孩子的哭声。

三分钟默哀结束了，师生们纷纷离开操场走向教室，准备上下午的第一节课。

“哇——哇——”操场上的兄弟俩仍大哭着。

校长来了，班主任老师来了。他们一人揽过一个，亲亲地劝着。可俩孩子还是大哭不止。

“老师，他俩中午没有吃饭，一定是饿哭的！”旁边的一个同学大声说。

可能是。兄弟俩家住在大山里面，村中学校只有小学低学段的班级，高学段必须到镇上就读；他们的爸爸常年在外打工，残疾的妈妈勉强能给孩子们做顿热乎饭吃；兄弟俩的午饭总是自带的煎饼咸菜……

校长要拉兄弟俩到食堂吃饭，可俩孩子头摇得像货郎鼓。

“也许他爸爸就在四川打工，被……”又一同学说。

也许是。他们的爸爸为了供俩孩子上学，天南海北打工，说不准就在四川，就在汶川……

“不是，不是！我爸爸好好的。”小亮哭着说。

操场上已没有了别的孩子，兄弟俩的哭声也小了许多。

“是不是妈妈病了？”校长问。

俩孩子摇摇头。

“是不是很担心灾区的小朋友？”班主任问。

俩孩子不语。

“是不是你们哪儿不舒服？”校长问。

俩孩子还是摇摇头。

“是不是有什么心事？”班主任问。

“哇——”俩孩子的哭声蓦地大了起来。

“到底怎么了？”校长重重地问。

小明一边哭一边嘟噜着——

“俺娘中午没给俺带饭，只给了一块买馒头的钱；上午捐款，同学们大都几十块几十块地捐，可俺兄弟俩才捐了一块钱！丢死人了——俺站在操场上越想越觉得对不住灾区的小朋友，就……”

“老师，明天俺俩还不吃午饭，再捐一块，行吗？”小亮哭着问。

“行！孩子们，咱先到食堂吃饭去！猪肉粉条，我管个够！”

校长、班主任眼里都噙满了泪花。

（原载《天池小小说》2008 年第 5 期）

门

“哐啷——”二楼的一面窗子被人打开，接着探出了一张沮丧而略显惶恐的脸。

“爹，快来二楼领我下去吧！我找不到下楼的门了……”

毒辣辣的太阳光像一枚枚利箭恶狠狠地刺到光滑的水泥地面上，既而蒸腾出一个大大的“禁”字。

第三天了，这是二蛋爹站在这“禁”字线外的第三天。

“娃可得考上大学呀！再不出个大学生，俺都没法向九泉之下的列祖列宗交代，——家里收麦正忙，可他娘非得让俺跟来不可，都担心哪！……”

二蛋爹从腰里掏出白汗巾，再次拭去额头上沁出的汗珠。

高大的教学楼怪怪地立在二蛋爹面前。说它怪，是因为它的造型不是四四方方的那种，有人说像顶博士帽，还有人说像扇敞开的门，二蛋爹可管不了那些，两眼死死盯着儿子入场时进的那扇门。

“叮零零——”

最后一场考试结束的铃声终于在二蛋爹的急切期待中响起。

考生们潮水般从教学楼左中右三个大门涌出。他们神情各异：有的嬉笑有声，有的垂头丧气，有的神情呆滞，有的泪眼涟涟……二蛋爹依然注视着那扇门，虽然他的视线几度被眼前走过的考生中断。

“儿子定会从这扇门里笑着出来的——他的成绩总是那么好，总不下班里前十名；班主任老师都曾说，二蛋考上本科大学是打保票的……”

从那扇门涌出的人流逐渐变得稀疏起来，二蛋爹眼睛瞪得更大了。

“爹，终于考完了，还不错！……”

二蛋爹眼前无数次上演着儿子欢天喜地走出那扇门虚幻的一幕。

那扇门变得空荡起来，宛如一张乞丐的嘴巴，连一个人影也没有了。

“也许儿子会从另外两门出来的！”

可另外两门一如这扇门，空空如也。

“也许儿子早就出来了，在门口等着我哩。”

可门口全然一张张陌生的面孔。

瞬间喧闹的校园竟是那么快恢复到了先前的静寂，二蛋爹的心不由提到了嗓子眼。

“二蛋孩儿，二蛋孩儿，你在哪里？你在哪里？”

二蛋爹在楼下狂喊不止。

“哐啷——”二楼的一面窗子被人打开，接着探出了一张沮丧而略显惶恐的脸。

“爹，快来二楼领我下去吧！我找不到下楼的门了……”

（原载《新课程语文导刊》2008年10月）

作　业

“做作业，做作业，光会做作业有啥子用处！”李老汉猛地站起，悻悻地回了一句。

二林看了一眼他爹，感到很是莫名其妙。

“孩儿——回家做作业，孩儿——回家做作业……”大街上响起了女人尖细悠长的唤孩儿声。

“这熊孩子，一放假就知道玩，——不做作业，考不上大学，咱农村的孩子还有啥前途！”男人在后面粗着嗓子不停嘟囔。

“哟，您两口子也忒心急，这大年初三的就摽上孩子了，再让孩子玩两天呗！”迎面走来的邻居李老汉搭讪道。

“大叔，您最清楚，学生若不成天价做作业，抱着书本子啃，这大学是容易上的？您家二林考上咱省城大学不就是个例子！”男人顺手递给李老汉一支烟。

“也是，也是，二林打上小学起就成天闷在家里做作业，五年的作业本子摞在一起，跟他的个头高！”

“俺孩儿可好，除了吃饭见他个面，——乒乓球、羽毛球，现在又迷上什么‘调查’了，你说这要荒废了学业，可是一辈子的大事情！”

“学习还真得靠工夫里磨。二林上初中，他很少出来玩，趴在小书桌上，一趴就是小半天，——那时，学校布置的作业也真够多，一张一张的卷子，能铺满三间屋。”

“可现在不行了，学校里推行什么素质教育，不准布置过多作业，要多动手，多实践，还搞什么社会调查。您说若考不出好成绩，升不上好大学，说什么也等于个零！”

“有道理，孩子的分数那是硬的，咱村小东那年比二林就差 10 分，二林上本科，他就只能上专科。”

“不行！说什么俺也得摽着他学，就算是大人什么事儿不干！——俺两口子还得找去！”男人扔掉了那半截烟匆匆离开了。随即，大街小巷又传来了男人女人的唤孩儿声。

李老汉回到家，见还有半年就大学毕业的二林正拿着一本书发呆。

“爸，前些时间，全家人欢天喜地准备过大年，我没敢给您多说，再过几个月我就毕业了，就业情况很不乐观。我们学校上一届毕业生就有好多到南方打工……爸，不分配工作，我该怎么办呢？”二林眉头紧皱，可怜巴巴望着李老汉。

“这是我引以为豪的儿子？小学、初中、高中他是那么优秀，谁不说是荣宗耀祖的料？十多年优秀地走过来，而今反问我该怎么办！……”李老汉脑子不停闪现着一个个大写的问号。

“爸，学再多的知识，我不怕；有再多的作业，我也不怕！可而今，把我推出学校，没路没辙的，让我往哪儿走，又该怎么走？”二林眼里竟噙满了泪花。

李老汉蹲坐在门槛上，满脑子问号折磨得他有些发抖。

“爸，您得给我想想办法，您总不能眼睁睁看着我跟那些没文化的农民工一样到南方打工吧！”二林话音里拖出了哭腔。

“孩儿——回家做作业，孩儿——回家做作业……”大街上男人女人的唤孩儿声异常响亮。

“做作业，做作业，光会做作业有啥子用处！”李老汉猛地站起，悻悻地回了一句。

二林看了一眼他爹，感到很是莫名其妙。

（原载《新课程语文导刊》2009 年 9 月）

儿子来信了

又一个黄昏，夕阳依然无语，王老汉拖着更加疲惫的身子从邮局慢悠悠往家赶……

黄昏，夕阳无语。

王老汉拖着劳累了一天极度疲惫的身子慢悠悠往家赶。

刚到家门口，听到老汉声息的老伴，忙扯着嗓子喊上了：“他爹，儿子来信了，快来瞅瞅！”

王老汉的独生子在省城上大学，平时没什么事很少给家里写信，而今听说儿子来了信，老汉猛地来了精神。

王老汉从老伴手里接过信，顾不上去洗沾满泥巴的手，就戴着老花镜在昏暗的灯光下看了起来。看后，老汉半晌无语，独自蹲在门口直叹气。老伴拿起儿子的信，只见半页大的小纸上，字虽不多，却个个龙飞凤舞，唯独中间的几个阿拉伯数字异常清晰——1500。老伴认不了几个字，可一看老汉这表情，心里也就明白了——又是要钱！

记得上个暑假，回到家的儿子直埋怨自己没手机、家里没电脑、牛圈里的臭味太浓、爸妈不讲究卫生……

夫妻两个半天没说一句话，呆呆对着那“3W”的小灯管发愣。还是老汉先开了口——

“信的内容你大概也猜个差不多了，他说，同学们都有手机，自己没有太没面子了，想要钱买部手机。”

“他爹，给玉米上化肥的钱还没着落呢，上哪儿弄钱去？”

“我给牛肉架上李屠户说说，看咱那牛能不能卖个好价钱。”

“他爹，那可是你的命根子，没了它，那地里的活可怎么干？”

王老汉不答，径直朝门外走去。

第二天黄昏时分，家里来了一伙人，一阵讨价还价后，牛被牵走了。

王老汉攥着手中钱，看着空荡荡的牛圈，对着老伴孩子似的痛哭起来。

又一个黄昏，夕阳依然无语，王老汉拖着更加疲惫的身子从邮局慢悠悠往家赶……

（原载《新课程语文导刊》2007 年 6 月）

小熊老师

“两强相击，必折其一；以柔相对，表弱实强。”静下心来想想，也真是！

村里人没有一个不说我们的乔老师是熊包、孬种的，虽然他和他老爹、三个哥哥一样都是远近闻名的拳师。

小时候没有多少娱乐活动，跑到乔家武堂“踢腿”（武术基本招式）就成了我们的最爱。那时乔家老爷子还健在，80多岁了，鹤发童颜，神采奕奕，南极仙翁似的。看我们这群顽童踢腿老爷子便在旁边捋着白胡子不停叮嘱：要想练好武，“踢腿”是关键！……小熊，过来给他们演示演示！

接着就过来一位白衣白裤的大高个子男人，见他踢踹腾挪，跃腾转击，轻飘飘，慢悠悠，把个“踢腿”12招式演示得那个清晰自然！就连乔家老爷子都不禁啧啧：这熊包幺儿子，倒是块练武的料，就是遇事儿太熊包了，没个胆！

两年后，我入学了，没想到在校门口迎接我们的竟是教我们“踢腿”的“小熊”。我们便一齐“小熊”“小熊”地叫着，他笑了：你们可不能叫我“小熊”，那是俺爹骂俺的话；在这里，你们要叫我“乔老师”。可背地里我们还是叫他“小熊老师”。

教我们语文的小熊老师可真熊包！

记得那是数九寒天的一个早晨，天也忒冷，有些年龄小的同学都冻出了眼泪。小熊老师就想方设法找来了些碎木柴在教室里为我们生火取暖。突然，教我们体育的吕老师在教室外不停地骂起来：你充什么有爱心的！也不撒泡尿照照自己的熊脸，会点儿三脚猫的功夫，还叫什么狗屁拳师！……

我们的齐刷刷瞅向小熊老师，可他乐呵呵的就当没这回事儿。

后来我们才知道，那天早晨小熊老师把办公室取暖的木柴抱来一大半给我们，吕老师气不过才在我们教室外不停叫骂。可论起拳脚来，他哪里是我们小熊老师的对手？我们老师真熊包！

还有一件被村民们称之为“熊包到家”的事儿呢。

在我们村老乔家是武术世家，倍受人们信服敬仰，可也有对此不以为然的，那就是村里“曹家八狼”。“曹家八狼”，是村里曹姓亲兄弟八人，老大也就40壮岁，老幺不足20，常年以在火车站扛大包为生，很有一把子蛮力。

那年，兄弟8个怀揣了不少钱回家过春节。一天，曹家老幺不知什么原因同小熊老师一个的侄儿（小熊老师有3个侄儿，个个都是练武好手）发生了口角，两家战争即刻拉开了序幕。

先是曹家人打伤了小熊老师那个与曹家老幺发生争吵的侄儿，后是乔家人打伤了曹家老幺，再后战争不断升级，两家几十口子人群搏，最后两家人各亮兵器准备来个血斗。

这场争斗一开始，小熊老师一面双方劝解，一面正告自己家人（他的3个儿子也有功夫）：无论谁死谁伤，一律不准参与！当双方互有创伤时，小熊老师声明：双方药费全由我一人包！当双方准备血战到底时，小熊老师备上好酒好烟请来了村支书、乡派出所（当时还没有110）民警——这阵势的血斗，不带礼品恳求，谁愿意冒这个险？当着村干部和民警的面，小熊老师代表老乔家向伤痕累累的曹家人赔礼道歉。曹家在这场大战中没占上风，便顺水推舟，止戈息战；倒是斗红了眼的小熊老师的3个哥哥大骂自己的弟弟“熊包”“孬种”，给老乔家丢人现眼。

事儿后，村里人不免议论：你乔老四（小熊老师）要不熊包，领着如狼似虎的仨儿子参战，那曹家人早就灰溜溜告饶了。乔老四，真熊包，孬种！

这事儿过去也有30年了，我那小熊老师早已退休在家安享晚年。前不久，我回农村老家，拜访了我的启蒙老师。老人虽70多了，可满头乌发，一脸红光，除了多了几道皱纹，与30年前没什么两样。

我们谈了很久，也谈到了当年他“熊包”的事儿。可乔老师对此却表现出十足的豪气——

两强相击，必折其一；以柔相对，表弱实强。你也快到不惑之年了，这个道理该明白吧！

“两强相击，必折其一；以柔相对，表弱实强。”静下心来想想，也真是！

（原载《山东文学》2010年第8期）

选　择

换上爬山的黄球鞋，因为去啸鸣家的路很难走。路难走，但路更漫长……

全班只有品学兼优的王啸鸣没交书费了。作为班主任的我，周六中午又重重地嘱咐了他一番。

周一，啸鸣早早地找到了我：“老师，我不能上了。这是我昨晚写的一篇作文，请您最后一次给我修改一下吧。”

我惊讶地看着他，忙接过来打开——

父母的一次错误选择（我认为），让我终生怀有负罪感。唉，我那可怜的弟弟。

十五年前，一声啼哭，我来到了这个充满爱意的世界。当时，我家境况特别拮据：冬天除了一床薄被子，再无别的取暖物了，全家人只有铺上一层厚厚的秸秆才能熬过苦寒的冬天。

由于家里极度贫穷，没钱给妈妈添补营养，妈妈只供给我两个月的奶水。当时，我身体瘦弱，很不健康。听妈妈说，我五六个月还不“走头”。爸爸是个老实巴交的庄稼人，体弱多病，又不会营生，这是我家不富裕的根本原因。虽如此，爸爸还是想方设法为我买奶粉。妈妈说，我喝了足足有上百袋奶粉——这对我们家来说可是个天文数字！

两年后，家境刚刚有了好转，弟弟又降临到人间（父母是独生子女，允许生二胎）。弟弟与我不一样，白白胖胖，可爱极了。

不幸不因为我家的贫困和弟弟的可爱而不降临我家。1993年春，我与弟弟同时患上了重病（至今也不知道是什么病，可能是重传染病），爸爸几乎把家里能换钱的东西都变成了钱，准备为我兄弟治病，可懂医术的舅老爷说——这钱只够一个孩子用，两个选一个吧，否则，两个都……看着病床上高烧不止的孩子，父母犯难了，不知该做出什么样的选择。

最后爸爸含着眼泪做出了决定：老二体质壮，能撑一阵子；老大先天体弱，病得重，给老大先看，有钱再说老二。

在我住院第二天，弟弟在奶奶怀中由高烧到冰凉，由冰凉到僵硬，永远离开了人世。当号啕着的父母抱着我回家时，弟弟躺在厚厚的麦秸秆上，样子惨极了。我被救了过来，也花光了家里所有的钱。

这些年，爸爸妈妈的身体一直不太好，又由于我的上学，家里的经济状况一直没有多大改变。我成了名副其实的独生子，可我多么想念我的弟弟呀，多么想和他一块上学，一块嬉戏……但泪水总冲醒那甜美的梦。

父母两度给了我生命，真不知除了刻苦学习再拿什么报答他们。可我还能再坚持上学吗？父母早已撑不住了。九泉之下的弟弟，我欠你一条生命，但愿来生还你。

父母错误的选择（我认为），导致弟弟的夭折；我的错误选择（若继续选择上学），可能会导致父母的早逝。

……

看完文章，啸鸣走了好一阵子了。

怎么办？眼看着这么个优秀的学生因此而辍学吗？

拿出工作日记，在被资助栏里郑重地写上了第六个孩子的情况：

王啸鸣，父母多病，家庭极端困难……

换上爬山的黄球鞋，因为去啸鸣家的路很难走。

路难走，但路更漫长……

（原载《新课程语文导刊》2006 年 11 月）

我非英雄

火焰开始熄灭，亢奋的精神开始趋于平静。我深深知道，我很普通，也有很强烈的求生欲望；当时，之所以这样做，是因为 20 多年的教师生涯，早已把“一切为了孩子”当成一种本能了。

家长们的感恩戴德，记者们的“英雄史诗”般的溢美之词，像熊熊燃烧的火焰烧灼着全身每根神经，让我亢奋不已。静下心来，我不禁扪心自问：我是英雄吗？

时间回到两个多月前的 6 月 13 号。

随着最后一场考试的铃声响起，紧张的中考终于结束了。我们事先租好的那辆寒碜的中巴车也在考场外恭候多时。那是一辆车身锈迹斑斑、车窗残缺不全濒临报废的老中巴车——豪华中巴车，谁愿意 100 元就把这么多孩子拉到一个路极其难走的偏远乡镇呢？

疲惫的孩子们陆续上了车。座位坐满了——23 人，23 座。我关上了车门，站在车门口——只有在那个地方站着，头才不会碰到车顶。“人到齐了，咱走吧！”我向司机发出了“出发令”。

那辆老中巴车哼哧哼哧上路了。

中午的太阳光疯狂地炙烤着大地，空气里弥漫着被阳光烤煳的麦秸秆味，大地一片灰白色，只有早种的玉米田微微露出点浅绿。

本来就窄窄的柏油路，而今又被那些不愿整场偷懒的农人铺上了一层厚厚的麦秸秆，虽然道路两旁也张贴着“严禁道路打场晒粮”的标语，可又有什么用呢？

司机是位满脸络腮胡子的中年汉子，黝黑的皮肤，赤膊，通身只穿一条短裤，也满是油渍，显得很邋遢。他一手开车，一手夹着烟卷，显得很悠闲。他说，这糟糕的路再加上这倒霉的收麦季节，路上没有半盒烟是过不去的。

一阵风打着旋从车身吹过，几根被压扁的秸秆轻飘飘落进了车厢，随即被学生丢弃在走道里。我这才发现走道已有不少这样的秸秆，前面靠近司机的地方更多，铺了挺厚的一小层了——车主人也太邋遢懒惰了，打扫一下用不了多少时间。

车内的孩子们个个无精打采的，有的竟然头枕着靠背呼呼大睡起来——他们实在太累了，用 5 场考试来验证他们苦读了 9 年的学习水平，怎不让人提心吊胆呢？

前面的司机还是慢悠悠开着车，只是嘴巴上短短的烟卷这时又换成了挺长的一支。他猛吸一口，弥漫在车厢的烟味更浓了。

突然，我感到这弥漫着的香烟味里似乎还掺杂别的什么味，焦煳米味？烤焦的皮条味？——也许发动机的味道吧！

这种特殊的气味似乎更浓了，我看了看前面的司机——他吞云吐雾，悠闲得很。

“我的个天来！”猛听得前面的司机惊叫了一声。

抬头前望，我不由惊呆了：司机右侧竟燃起火来，火苗子一尺来高蛇一样不停蠕动，顺着走道向后面不断蔓延开来。司机见大事不妙，忙打开车前门，跳下车不知去向。

瞬间进入了烟熏火燎的境地，车内的孩子们立刻慌了神。他们一窝蜂涌向了车门，把我紧紧挤在车门上，致使车门无法打开！

“都退后！”我大吼一声，“不用慌，你们不出去，老师是不会出去的，老师一定最后一个出去！……”

像在课堂上一样，孩子们很听我的话，纷纷后退了几步。

我顺利打开了车门，顺势站在车门一侧。

“江萍，出！赵丽出！李晓东出！……”看着车门口的孩子。我粗着嗓子吼出他们的名字。

孩子们也像课堂上那样出色，听到叫自己的名字，便鱼跃而出，轻松脱离险境。

空气里弥漫着浓浓的胶皮燃烧的味道，很刺鼻，坐在最里面的几个同学剧烈地咳嗽起来。

“不用慌，有老师在，不用怕！发动机没有燃烧，油箱里的汽油没燃烧……”

我身后的座位已经燃烧起来，后腰部似乎有千万根钢针在不停地刺；空气里弥漫了各种燃烧的混合味，让人喘不过气来；浓浓的烟雾不停袭击着我的眼睛，眼前漆黑一片……

“老师，下来吧！里面没人了！”听到车外孩子们的喊声，我便微睁着疼痛的眼睛，摸下车来。

我下车后不到 5 分钟，消防车也就到了——好在出事地点离县城不算远，最先逃出的司机及时拨打了 119。

火很快扑灭了，真像我安慰学生们的那样，只是烧了车厢里的一些易燃物，最危险的油箱没有烧起来。

让我想不到的是，竟有“好事者”拨打了市电视台“民生”栏目的电话。记者到达后，好一通拍现场、探问目击者、询问我们师生脱险情况……

在记者同志的帮助下，我们搭乘另一辆中巴车于当天下午 2 时安全回到了家。

“荣耀”在当天晚上就上演开来——

当天晚上 8：30，市电视台《民生播报》竟用“危难之际，他用双手为 23 名同学推开了生命之门”为题目播报了我在车上帮孩子们“脱险”的事儿，竟把我说成了“拯救学生于生死的英雄”。

第二天，县乡校三级领导来慰问了我，说我是“师德标兵”的典范。

第三天，23 名学生的家长提着礼品来看望我，说我是救苦救难的活菩萨。

……

火焰开始熄灭，亢奋的精神开始趋于平静。我深深知道，我很普通，也有很强烈的求生欲望；当时，之所以这样做，是因为 20 多年的教师生涯，早已把“一切为了孩子”当成一种本能了。

我非英雄！

（原载《金山》2009 年第 12 期）

噩　梦

我成了作风不检点、禽兽老师的代名词。而今，我被调到了那个小镇最偏远的山村小学，全校只有九人，还包括那位掉光了牙的老校长。

有谁知道，从“师德标兵”到“禽兽教师”，都源于那一场噩梦。

时间追溯到 6 个月前。

在县城置办了些年货，我和妻子准备回我们镇上的家。我提着年货，妻飞也似的到售票大厅买票。来县城办年货的人可不少，身着花花绿绿的男人女人大包小包拎着，满脸洋溢的全是笑容。忽然，耳旁传来喊老师的声音。蓦然回首，只见我们班的王小强在远处向我招手。

这孩子，也真够可怜的，他爹三年前在一次车祸中撒手西去，不久，娘也弃他而去，消失得无影无踪；他便与年过七旬的奶奶相依为命。这些年，作为他的班主任老师，在这孩子身上可没少费心。王小强向我走来，我这才发现，在他身后还跟着位妇女——一位面容白皙、着装鲜亮、有着几分城里人气质的女人。

“这是我的妈妈！这些年在外打工，——今年回家过年，给我买了好多好玩的东西……”小强脸上闪现出平日里少有的傲气。

“听小强说，您没少帮他，又是给买文具，又是喊到家里吃饭，像对待自己孩子似的……”妻买票回来，惊讶地瞅着这位跟我千恩万谢的女人，“哦呀，你们当老师的就是心眼好，我们女人家，谁要是找了老师，真算是烧了八辈子高香！”妻似乎并不欣赏这露骨的恭维，两只眼睛瞪得大大的，犹如寒光四射的冰面。

车来了，人潮水般由车门涌入。不巧，我这文质彬彬的先生比旁人晚了半拍，登上车时，一个空位也没有了。

“老师，坐我这儿吧！”最后排有人高喊。

我循声望去，喊我的是王小强的妈妈。只见她站起来，挤到我身旁，硬拉我到后排她的位置上。我再三推辞，她说，你要不坐，就是瞧不起俺这打工妹！好意难却，我只好坐在了她的位置上。

妻气呼呼将所有的东西抛给我，在前面找了个位置远远站着，可眼睛不时地朝后面瞟来瞟去。

车慢慢开动了，满车的人都在用自己的消遣方式来打发这无聊的旅途。

利用这时间，我不妨将王小强在学校的情况详细地说给他妈，并在家庭教育方面也提出些建议。就这样，在这拥挤的车厢里，老师和学生家长进行了一场深刻的交流。

嘟嘟，嘟嘟嘟！手机短信铃声响起。我打开一瞧——妻发来的，内容是一连串的“不要脸”。

透过人群缝隙我看了看前面的妻，她装出若无其事的样子。

不好！妻的醋坛子翻了。我赶紧住了口。

见我住嘴，王小强的妈妈便打开了话匣子——又是一番激情燃烧的“千恩万谢”。末了，还来句：老师，你把手机号码留给我，为了孩子，咱们多联系……

嘟嘟，嘟嘟嘟！手机短信铃声再次响起，那一定是妻的，我不敢看那内容。

我不再言语，转脸朝车窗外望去，车速比刚才快多了，路两旁的杨树飞快地朝后跑去。

哧哧——耳膜里传来一阵刺耳的刹车声。我正要转过身来看个究竟，一张白皙且带有浓浓香水味的脸紧紧地贴在了我的脸上，遮住了我的视线。继而，车厢里一片哗然：我的天，真不好意思，老师碰着您了吧！——哼！真不要脸！

我分明听到了妻愤懑的咒骂声。

下车回家，妻彻夜无眠。

第二天，妻卧床不起，整天不进米水。

第三天，妻开始哭泣，继而号啕，最后对我无休止地盘问。

就那么巧！王小强妈妈电话打来了，妻俨然成了发疯的母狮。

还有更可怕的呢！腊月二十六，王小强和他的妈妈提着礼品来看我。妻摔了人家的礼品，恶语相向。

一时间，妻的那些胡言乱语被小镇无聊的人们进行了精心加工：

通过关心人家的孩子打人家妈的主意——背着孩子不知搞了多少次了——说不准，那孩子就是……

天哪，我即便有百口也无法辩白!

新学期开始了，我班的学生在家长的强烈要求下纷纷被调走，原先经常向我请教问题的老师也渐渐远离了我。

我成了作风不检点、禽兽老师的代名词。

而今，我被调到了那个小镇最偏远的山村小学，全校只有九人，还包括那位掉光了牙的老校长。

（原载《当代小说》2012 年第 10 期）

第九辑　啼笑皆非

著名红学家周汝昌先生称《红楼梦》中光“笑”就有数十种，可谓一部《红楼梦》写尽世间笑。但在生活中，无论是嫣然笑，还是莞尔笑，无论是张口笑，还是抿嘴笑，都只是人内心愉悦的外在表现。然而，当一种简单的表情动作“笑”一定要与“哭”连在一起时，那可就极其复杂了。让我们一起走进这复杂的“啼笑皆非”。

谁跟我通腿

女人笑了：不让你吃点苦，你能这么讲卫生？跟你实话说了吧：那热水袋，是俺娘仨夜里偷偷弄破的；那猫，由于家里再没有多余的食物养小猫，在秋天俺早就让骗猫匠把它给骗了，哪能再叫春呢？——你道你的狗屁威力有那么大！

那年头，日子过得艰窘，被子少，天又特别冷，一种叫“通腿”的睡觉方式便应运而生了。

一大家子，姐妹通腿，兄弟通腿，夫妻通腿那是再寻常不过的。一床被子下，一左一右，脚蹬着背，背碰着脚，像两只瘦长的蚯蚓，相互偎附着取暖。

二狗家的成员组合最适合通腿了，四口人，夫妻两个外加俩半大小子。

二狗家有房三间，俩小子在西间通腿，夫妻俩在东间通腿，中间是外间——文雅些说是客厅。（当然，就是打死二狗，他也想不起来这样雅致的名词儿。）

要说这样的通腿安排该没什么问题吧，彼此各通各的腿，互不打扰。哎！问题来了。

女人说，跟二狗通腿，憋不死也得臭死！那被窝的味还不如屎茅子（厕所）里香呢。

孩子们说，爹一冬不洗澡，臭脚丫子三天五天也不曾洗上一回，能臭死老大牛。还说，爹是个放屁精，整天咚咚响个不停，腚底下有挺机关枪似的。

女人又说，最可怕的还是他那张嘴，成天价瓜果萝卜葱，见嘛吃嘛，没个停。他那熊肚子就是沼气池，白天什么都往里放，一夜之间都变成了气，再到白天又瘪了……

看来，二狗的个人卫生问题在那通腿的年月里，已经成了家庭里的公害。全家人曾多次劝二狗讲究些卫生，改变那坏习惯，得到的却是“男人的事儿，你娘几个别管！”看来，一家之主的地位一时还难以撼动。

撼动不了，不跟你通腿，是俺们的自由吧！

全家两床薄被子四口子人，老婆死活不跟自己通腿，让他娘仨通腿，自己单蹦？那不行！这么冷的天，没人通腿，一夜也暖不热被窝；再说，他娘仨也挤呀！有了，让二小子跟我通腿，他睡起觉来跟死猪似的，闻不见。想到这里，二狗那颗“恐寒”之心不觉温暖了许多。

一串糖葫芦就把二小子收买了过来。新的格局出现了：女人、大小子西间通腿；二狗、二小子东间通腿。

一天半夜里，二狗被冻醒，一蹬那头，冰凉冰凉的，哪还有什么二小子。一喊，西间女人粗声粗气道：二狗，你别虐待二小子，你看把孩子吓得；日本的飞机大炮那阵，还兴人逃跑呢，你忍心让孩子当炮灰？

得！二小子也不胜被窝的风暴雷霆和血雨腥风，向西间避难去了。真没想到，自己真混到“单蹦”的境地，苦啊——二狗觉得鼻子酸酸的。

往后的几夜，二狗好像掉进冰窖里一样，没睡过一夜温暖的舒坦觉。

人到苦处也能生智。二狗苦中生智——人不能指望，咱不能指望物？热水袋比他娘们的温度还高呢。

说干就干，第二天一大早，二狗就在村供销社买了个热水袋。

寒冷的冬夜在二狗的期盼中悄然而至。蹬着那头暖烘烘的热水袋，二狗心里美滋滋：哈哈，跟热水袋通腿倒还别有一番情趣。

好梦不长，二狗又在一个半夜间被冻醒，一蹬那头，湿漉漉的，热水袋也没了踪影。点灯细看，天——地上的热水袋，像个剖腹自杀的日本武士，静静地躺在地上，一虎口长的口子重重划过那凹凸不平的表面。

是我不小心蹬破的？不会！是两个坏小子搞的鬼？不会！是自己……没那么大威力吧？！二狗不由打了个寒战。

第二天，女人看到那破了相的热水袋，又一阵戏谑：老天爷，俺娘几个在炮筒子底下生存多危险，哪天你对准俺，俺娘仨还不得坐土飞机？

说是说，笑是笑，零下10℃的气温让二狗真打怵。他可怜巴巴地看着老婆孩子，寻求通腿对象，可老婆孩子一个个装聋作哑，就是不提通腿的事儿。

一声猫叫，二狗仿佛抓住了太阳。

那是只中年女猫（雌猫），在二狗家已生产三、四窝。

寒夜又至，二狗早早地把猫放在被窝那头。酥油般的毛皮，暖暖的体表，让二狗早早进入梦乡。

一夜相安无事，二狗大喜过望。

与猫通腿的二狗终于度过令人胆战的严冬。

春天是猫的发情期，可二狗家的那猫整日默默蹲在角落里，没有任何发情迹象。天！与自己通了一冬腿的女猫，竟没了生殖能力！二狗想到这里不由有些心惊胆战。女人又来话了：老天爷，这多亏是猫，要是咱那俩小子，俺可就永远抱不上孙子了？

春汛让水库有了水。人们奇怪地发现，二狗竟光着身子在里面泡澡，尽管天还不是很热。整个夏天，二狗天天洗几遍澡，就连老婆都骂他是一条水狗。此外，二狗滥吃滥喝的毛病也改了不少。

让人毛骨悚然的寒冬又要来了，二狗可怜巴巴看着女人。女人笑了：行，只要不再变成一条脏狗，跟你通腿！

被温暖了的二狗心情无比舒畅，跟另一头的女人倾诉着去年的寒冷。女人笑了：不让你吃点苦，你能这么讲卫生？跟你实话说了吧：那热水袋，是俺娘仨夜里偷偷弄破的；那猫，由于家里再没有多余的食物养小猫，在秋天俺早就让骟猫匠把它给骟了，哪能再叫春呢？——你道你的狗屁威力有那么大！

你这个猴女人！二狗在被窝里轻轻扭了把火一样女人的身体，感到很幸福。

（原载《微型小说选刊》2012年第18期）

第N种怕老婆的原因

老婆彻底被激怒了，跑进厨房，搬来一摞碗碟，当众摔了个粉碎，二抠脸有些发白；老婆又找了块大石头，再进厨房……

小学同学王二抠被同学们戏称为“怕老婆天下第一”，为拯救“阶级同胞”于水火，班里的几位“智多星”师兄弟决心前往二抠处支着。

“怕老婆”也并非王二抠心甘情愿，他做梦也想让暴烈的老婆怕自己，——没尊严的日子难着哩！凑了个老婆外出的安全日子，二抠忐忑不安拨通了几位“智多星”师兄弟的电话。

众师兄弟到家，桌上一没好茶，二没好烟——王二抠，人如其名，抠着哩！好在几位是来“真心帮忙”的，也不介意。

师兄弟们先要先听听二抠饱受的“非人”折磨，二抠便一把鼻子一把泪倾诉起来——

她满嘴脏话，哪难听骂哪，哪伤我的心骂哪，骂起来没完没了，直骂得我颜面尽失，心惊胆战，最后连大气都不敢喘；她心狠手辣，动起手来，毫不顾忌我的死活，扭我，挠我，掐我，咬我，不到我伤痕累累决不罢休；她想着法子整我，让穿破衣烂衫，吃残羹冷炙，干重体力活，睡冰凉被窝……

二抠悲戚戚说了一大通，直说得几位师兄弟长吁短叹，也陪着流了几滴同情的眼泪。

接下来众师兄弟便陆续支着：

甲言：你怕她的主要原因是你真心爱她；她就是利用你的这一弱点来统治你，约束你，最后甚至折磨你。你要想求得永久解放，必须向她表露出你根本不在乎她，不稀罕她……

二抠点点头，继而又摇摇头，一言不语。

乙言：你怕她的主要原因是你特顾及脸面，用自己的沉默来消弭她满嘴的污言秽语。你错了！沉默带来的是她更肆无忌惮的叫嚣，更不堪入耳的叫骂。你必须以其人之道还自其人之身，用你的咒骂去抵制她的咒骂，方可求得永久解放……

二抠点点头，继而又摇摇头，一言不语。

丙言：你怕她的主要原因是想保持"好男"形象，"好男不和女斗"深深毒害着你。既然她如此狠毒，你何必做这样的好男呢？她狠毒对你，你为什么不能狠毒对她呢？男子汉大丈夫，有的是力气，就不信制服不这一恶女悍妇？

二抠点点头，继而又摇摇头，一言不语。

丁言：你怕她的主要原因是生活中过于依赖她。你是男人，是有力气、有胆略的爷们，理该是一个家庭的主心骨、顶梁柱，家里的所有成员都应该听你的，按照你的意图去办事儿……

二抠点点头，继而又摇摇头，一言不语。

……

众师兄弟轮番分析，支着，可二抠依然是点点头，摇摇头，一言不语。

众人大惑不解，直到走出二抠家门也没有弄清他怕老婆的真正原因。

这次失败的献计献策，让众师兄弟很没面子。他们决定要亲眼看看二抠到底是怎样怕老婆的，顺便也好为这受苦受难的老同学把脉支着。

有一天，听人说二抠老婆又发起飙来，众师兄弟忙前去观战。二抠见援兵已到，已乱的阵脚又重新稳定起来。

老婆骂，二抠也骂；老婆骂脏话，二抠更脏。老婆想动手，二抠先下手为强；老婆挠了一把，二抠还她十巴掌……

老婆彻底被激怒了，跑进厨房，搬来一摞碗碟，当众摔了个粉碎，二抠脸有些发白；老婆又找了块大石头，再进厨房把锅砸了个大窟窿，二抠脸有些苍白；老婆又快步跑进堂屋把电视机搬了出来，做出要摔的样子，二抠扑通一声双膝跪地，口中连连求饶——

老婆，别砸了，我实在受不了！

众师兄弟恍然大悟，当初怎么就没分析分析这王二抠的名字呢！

（原载《天池小小说》2011 年第 8 期）

诗人与坏蛋

文人当以启迪良知为己任，切不可自恃才高八斗肆意讥讽，要知道，世界上最尖刻的诗人也斗不过最幼稚的坏蛋！

一天，同几位文友谈论“作家某某人，自恃才高八斗肆意写文章骂人”的事。也不知是哪根神经牵动，我一下子想到了 30 年前，便将那事讲给几位文友听。

那年，我6岁，二哥8岁，都未入学，正是村前村后疯跑的野孩子；而我的小叔和大哥已经十三四岁，是小学四年级的学生了。

小叔和大哥放学后，总是在窗前相互背诵着什么，摇头晃脑像唱歌。我跟在二哥屁股后面，木然地瞅着他们，像两只憨狗观看西洋景。

后来，在爹那里听到“他们在背诗”——怪不得唾沫星子那么多，原来是“湿”呀，当时我如是想。

小叔、大哥越发“诗”起来，不光背诵书上的，还瞎编；瞎编别的也就罢了，还把我们编进去，臊我们的脸。

你听：两只小手胖嘟嘟，两个膀子黑魆魆，你道那是哪一个？原来是我家那头小肥猪。小嘴巴子尖溜溜，走起路来慢悠悠，你道那是哪一个？原来是我家那只小瘦猴。

你听听，二哥胖我瘦，把二哥写成猪，把我写成猴。我和二哥即便大声喊：你是猪！你是猴！怎比得上他们咿咿呀呀的摇头晃脑呢！

不光写我们的长相，还把我们的“故事”编进去。

那天下午，三奶家在村头空地上拾晾晒的地瓜干，二哥和我闲着没事，便跑去帮忙。晚饭时，三奶喊我哥俩去她家喝汤——花生仁菠菜汤，挺好喝的——我们各喝了两大碗。夜里，二哥和我都受了凉，拉肚子，一夜跑了两三趟。

第二天，小叔和大哥见了我俩，嬉皮笑脸地掏出了一张纸，又咿咿呀呀地“诗”上了：假帮忙，真喝汤。晚饭时间东张西望，三奶来喊慌慌张张。到了人家像饿狼一样，两大碗下肚像水缸。夜间起来猛打机关枪，嘟嘟嘟，嘟嘟嘟，打出来的全是菠菜汤。

我们那个臊呀，恨不得找个地缝钻进去。

我们对小叔和大哥的诗，是又恨又怕，但也有对付他们的办法。

那年冬天，小叔和大哥利用炮弹头（解放军在东山实弹演习后，他们在东山拾的）和钢珠制作了一个铁陀螺。那铁陀螺，用一段绳子带动后，能在冰上转好长时间，他们的同学们都羡慕死了。小叔和大哥对铁陀螺视若珍宝，整天放在书包里，唯恐有丝毫闪失。

一天下午，我和二哥趁小叔和大哥在窗前咿咿呀呀背诗当口，从他们书包里偷走了那铁陀螺；又趁他们进屋写作业，把铁陀螺扔到了厨房门前的污水坑里——扔时还挺费事，先砸开一个小冰窟窿，然后放进去，再用棍子往下捣了又捣，唯恐被他们发现。

作业写完了，他们高兴地说要玩铁陀螺，可哪里还有铁陀螺的踪影！书包里、床头上、被子里……他们疯似地寻找。他们去过的地方都找了，没去过的地方也找了，仍一无所获；家里大人们见他俩那样着急上火，也纷纷前来帮忙，可仍不见铁陀螺的影子。

小叔和大哥伤心了好长时间，好长时间没听到他们咿咿呀呀用诗臊我们的脸。我和二哥挺得意，整天乐滋滋的，像得胜的将军。

新年的脚步渐渐近了，小叔和大哥似乎忘记了“铁陀螺”的不幸，咿咿呀呀地又“诗”起来，又编诗臊起我们的脸。他们编我哥俩偷吃酥菜啦、夜里睡觉尿炕啦、不小心摔到茅坑里啦……总之，哪不光彩他们编哪。

我们也不示弱，有了对付他们的新办法。

当年我家经济条件不好，过年时给我们这些孩子们买的鞭炮是有标准的——从小叔到我，每人一小挂鞭炮，放完绝不再给买。新年之前，小叔和大哥总是想方设法骗我们的鞭炮放，自个儿却不舍得燃一个。等到一个艳阳高照天，他们会把自个儿那挂鞭拿出来晒，静静地守在一旁，寸步不离。夜间，他们生怕鞭炮受潮，索性放在自个儿白天暖得热乎乎的棉帽子里。

这天后半夜，窗外很好的月亮，二哥叫醒了我。我们蹑手蹑脚朝小叔和大哥房间走去。月光通过窗子照在他们窗前的柜子上，两个“火车头”（棉帽子）静静躺在上面，不注意看，还以为两个“尿罐”呢！我俩屏住呼吸，按计划做了，神不知鬼不觉地。

第二天清晨，小叔和大哥那房间里可就热闹了：小叔怪大哥把盛鞭炮的帽子当成尿罐，而大哥反怪小叔把尿撒在自己“火车头”里了；他们闹得不可开交。

讲到这里，我的几位文友乐得前仰后合，连话都说不出。而我没有笑，正告他们道——

文人当以启迪良知为己任，切不可自恃才高八斗肆意讥讽，要知道，世界上最尖刻的诗人也斗不过最幼稚的坏蛋！

（原载《大众日报》2011 年 8 月）

幸运儿

神镜不停上演着：公交车司机不负责任、食品加工商不负责任、医疗器械商不负责任、企业安检人员不负责任……真是险象迭生，惊天骇人，可大宝总能幸运逃过一劫。

事业如日中天的赵大宝，在三十岁上说死就死了。怎么死的？吃饭噎死的。那天，老婆不知托什么人弄了几只野山鸡，一番煎炒烹炸后，一盘香喷喷的野味便摆到大宝面前。也许饿坏了，也许美味太诱人了，迫不及待的大宝用手捏了个特大鸡块便往嘴里塞，三嚼两嚼就往下咽，不巧卡在嗓子眼……

黄泉路的赵大宝直喊冤：我上有老，下有小，还有偌大企业，你阎魔神君让我摊上这样世间少有的倒霉事，我不服！就这样，进鬼门关，踏奈何桥，大宝走一路喊一路，也就到了酆都城的阴曹地府。

“赵大宝，你为什么不服？”幽冥宝殿上的阎魔神君厉声问道。

“一块鸡骨头就送了我的命，这世间少有的倒霉事为什么偏偏让我摊上！我不服！”大宝怨气十足。

“赵大宝，你是我三十年前御点的‘天下第一幸运儿’，而今不谢恩也罢，却发如此大的怨气！来来来，我让你看看你这三十年来运气还是不运气！”

阎魔神君领大宝到一阴阳神镜前，用手一指，那神镜便上演起三十年来在大宝身上发生的事——

大宝出生在一个冬天。母亲营养不良，生下来的大宝个儿特小，比个小猫也大不了多少。护士太粗心，竟把婴儿连同一些用过的卫生纸一同倒进了垃圾桶——襁褓里空空如也。直到半小时后，一个老护工才发现了几乎没有热气的大宝。

“不是老护工，你半天都活不到！”

神镜里又出现了大宝上托儿所的情景。那天，几个阿姨谈天说地正浓，小大宝竟晃晃悠悠出了门。他走过了门厅，爬过了小路，径直到了一水池旁。由于水池周围缺少护栏，大宝的一条腿已经没入了水中——池子足足有1米深。恰好一条流浪狗出现，把大宝吓哭了，才被人及时发现。

“不是那条流浪狗，你活不到3岁！”

神镜里又出现了大宝上幼儿园的情景。那天，园长的儿子结婚，老师们都到街对面酒楼里喝喜酒去了，整个幼儿园就剩下一个看门的瘸腿老教工连同满园里的孩子们。当时大宝上小班，几个上大班的孩子，学着电影里匪徒的样子，把大宝绑出了教室。他们用胶带粘上了大宝的嘴巴，正要开始粘鼻孔时，一阵风迷了眼睛。几个大点的孩子这才冷了玩这游戏的兴致。

“不是那阵风，你活不到4岁！”

神镜里又出现了大宝上小学的情景。那是某年早春的一天，老师领着他们爬城西30里外的卧佛山。下午该下山了，由于带队老师没有清点人数，竟把大宝忘在了山上。天色渐渐暗了下来，大宝呼喊求救，无人应答。好在一个到山上找羊的老汉及时发现了他

“不是那老汉，你很难在山上挺到天明！”

神镜里又出现了大宝上初中的情景。由于父母常年在外做生意，大宝成了留宿生。那年冬天可真冷，垃圾堆里的老鼠都被冻死。那是

三九的第一天晚上，大宝在宿舍里跟同学们说笑，被值班老师发现，到楼外罚站。不巧值班老师被邀到外面喝酒忘了这回事。大宝一直站到夜里12点，等到几乎快站不住的时候，可巧老校长夜间巡查发现了他。

“不是老校长，你不会点亮13岁生日的蜡烛！”

神镜里又出现了大宝上高中的情景。由于疏于管理，大宝所在学校“学霸”横行，打架斗殴屡见不鲜。那天几个学霸用刀子把大宝逼进厕所，索要“保护费”。大宝说没有，几个丧失了理智的学霸一起扬起了刀子。不料，远处警笛长鸣，才威慑住了几个学霸嚣张的气焰。

“不是那警笛，你很难活到18岁！”

……

神镜不停上演着：公交车司机不负责任、食品加工商不负责任、医疗器械商不负责任、企业安检人员不负责任……真是险象迭生，惊天骇人，可大宝总能幸运逃过一劫。

“我御点你‘天下第一幸运儿’——是在别人不负责任情况下，都能让你化险为夷，可今天是你自己不负责任，我就无能为力了……”

赵大宝惊异地看着，叹服地听着，再也没有半点怨气。

赵大宝谢了阎魔神君，轻松下了地府幽冥宝殿。

“哦，原来我是世间第一幸运儿！”赵大宝喜滋滋自言自语道。

（原载《天池小小说》2010年第5期）

两个富翁的绑架

“我们是绑架您的巴拉菲特和福彻塞特，请看在上帝的份上去报案吧！——在花爱街上当不成富翁，还不如到监狱里待着！”

经济危机蔓延全球。

A 国 N 城花爱街富翁巴拉菲特和福彻塞特一夜之间成了穷光蛋。

不甘沦落，二人盘算着如何再次一夜暴富。思来想去，而今能一夜暴富的办法只有一个：绑架。

绑架谁呢？而今这条大街上，没有伤到元气的当属大富翁辛普克里。辛氏今年七十有二，素有“商场老狐狸”之称，去年老妻刚刚病故，今年就火急火燎将贴身女秘书年轻的埃里斯小姐迎娶了过来。

对！绑架埃里斯。老家伙洒点油水给咱，咱还是富翁。想到这里，昔日的两位富翁顿时踌躇满志起来。

购置枪支，踩点，蹲守，绑架，一切都那么顺利。现在，埃里斯成了巴拉菲特和福彻塞特再次圆富翁梦的唯一筹码。

丁零零——

大富翁辛普克里办公室的电话铃声响起。

“咳，您是大富翁辛普克里先生吗？您的爱妻在我们手里，若想让她活着回到您的身边，请将 1000 万汇到……”

“嘻！亲爱的先生，请先汇给我 100 万，否则的话，按照我国法律绑架勒索至少要判刑 10 年以上！——至于那个埃里斯，她早就该退到幕后了。谢谢你们给了我第三次结婚的机会！拜拜！”

巴拉菲特和福彻塞特倒吸了一口凉气：乖乖，敲诈不成，反被“倒敲诈”一通。你有种，算你很！

第二天，埃里斯平安地回到了大富翁辛普克里身边。

“一夜暴富”的欲火时时炙烤着倒霉的巴拉菲特和福彻塞特，他们再次铤而走险。

美妙的铃声响起，埃里斯轻轻从衣兜里掏出手机。

“咳，您是大富翁辛普克里先生的妻子埃里斯小姐吗？您的丈夫在我们手里，若想让它活着回到您的身边，请将 1000 万汇到……”

“嘻！亲爱的先生，请汇给我100万，否则的话，按照我国的法律绑架勒索至少要判刑10年以上！——至于那个辛普克里，他早该死了！只有老家伙死了，我才名正言顺地占有他一半的家产。谢谢你们让我提前圆了亿万富婆梦，如果干得好，那100万免汇，我还能赏给你们仨瓜俩枣的！拜拜！”

“我的上帝！”俩倒霉蛋彻底懵了。

第三天，大富翁辛普克里平安回到他的公司。

第四天，大富翁辛普克里和他爱妻的手机同时响起。

“我们是绑架您的巴拉菲特和福彻塞特，请看在上帝的份上去报案吧！——在花爱街上当不成富翁，还不如到监狱里待着！”

（原载《天池小小说》2010年第4期）

孔明失算

保住孔明这一金字招牌，敌国方不敢来侵。又嘱咐太子刘禅：军家重地谢绝一切采访，军队一律采用封闭式训练。

赚荆襄、取巴蜀、定汉中，诸葛孔明声名远扬。

一时间，各国传媒争相报道；不同种族、民族的粉丝，如蝇造厕，嗡嗡不绝；不同信仰的专家学者对“孔明兵法”也腐肉长蛆般研究，且愈钻愈笃，愈叮愈急。

一日，孔明上朝。

龙椅上的刘备正戴着老花镜聚精会神看报纸，后面站着“报刊常侍”长孙无能。孔明忙上前施礼启奏道：

“吾皇万岁，《巴蜀晨报》称臣为‘天下第一军师’，《西凉晚报》也称臣‘东方第一相’，《燕赵评论》说：‘有如此杰出人才，不能征魏伐吴，岂不可惜……’要不……”

“还不只这些呢。”刘备忙把手中的报纸交给了长孙无能，摘下鼻尖上的老花镜。

“《吴越晚报》上有周瑜的一篇《既生瑜，何生亮》称你为鬼谷子在世，东吴孙家必姓刘……”

“还有呢，《建安文学》有孔融一篇报告文学《走上神坛的孔明》称你的军事思想至少可称霸两千年……”

“更有《曹家内参》曹操新乐府一首，我念给你听：‘南阳诸葛，兵家至尊。荀彧郭嘉，蓬头乡人……’”

……

刘备整整“综合报道”了两个时辰。

“万岁，要不就征吴伐魏吧。”孔明又上了一个台阶。

“嗯，朕也有此意。不过，在征讨之前朕还有个不情之请……”刘备让孔明附耳以听。

“让我御驾亲征，并有刘封的《巴蜀晨报》作全方位报道。”

“行，行，独此一家，余者概不接受采访。”孔明诺诺连声。

“好，明日出征，先灭奸曹。”刘备粲然击掌。

击魏于五原。孔明使出经典战术——八阵图。

只见那乾、坎、艮、震、巽、离、坤、兑八方子阵，阴阳璧合，相生相克。加之士兵训练有素，腾挪跌宕，中规中矩。观阵台上的孔明胸有成竹。

面对蜀军铜墙铁壁般的“八阵图”，魏人并未望风而逃，而以“胡笳十八拍”迎之。只听那角、宫、商、羽、徵五音相配，犹如洪钟巨吕；十八拍相合，俨然燕山铁骑。加之魏人深知地势，负势转挪，和音攻守，那“八阵图”顿时显出了七孔八窍。

“军师，军师……我军休矣，我军休矣！”刘备急唤孔明。

孔明面如土色。

刘家记者面面相觑，呆若木鸡。

“万岁，以‘高山流水’退之吧。”身后的长孙无能建议道。

“‘高山流水’，‘高山流水’！”刘备仿佛抓住了一根救命稻草。

令下阵变，蜀阵“高山流水”。

蜀军分二：峨峨乎高山，浩浩乎流水，山偎水，水绕山，山水相依。一时间蜀军包抄有序，攻守有方，简直进入了一种“天人合一，物我两忘”的境界。那“五音十八拍”被“高山流水”搏蚀得支离破碎起来。

魏军丢盔弃甲，脱阵而逃。

蜀军大胜。孔明惭愧回营。

刘备带领刘家战地记者观瞻战利品，不禁哑然：满库皆是经本秘籍——《〈八阵图〉详解》、《孔明策略大全》、《反孔明章略》、《破解诸葛十招》……

蜀军没有乘胜追击，而是止戈息战。

晚上，刘备再三叮嘱义子刘封：封锁此役一切消息；孔明，蜀军灵魂，不可揭其短处。保住孔明这一金字招牌，敌国方不敢来侵。又嘱咐太子刘禅：军家重地谢绝一切采访，军队一律采用封闭式训练。

（原载《济宁日报》2009 年 11 月）

老板、作家和狗

他对身后的秘书说：“作家也真不容易，从明天起，他陪我的待遇每天提到 150，跟霸霸（宠物狗名）伙食费一样高！”

小城业余作家中没有比我再幸运的了，我认为。

每月除了能领到上千元的稿酬，还谋到了一门陪城东陈老板遛狗的“美差”。

城东陈老板，在小城可是“特大款”。他曾对我说：“我公司每天的利润够养活城内大大小小作家一年！”

之所以把这差事称为美差，因为这活儿太轻省了——每天下午6点到公园门口等陈老板，然后陪这“主宠”在园里溜达，大约1小时左右时间，陈老板带狗打道回府，我也就下了班。至于报酬嘛，出工一次100元——月底由他的秘书送到我家里。

月底，陈老板的秘书果真把一叠红彤彤的百元大钞送到家，喜得我连呼“写文章真不值”——费力熬神不说，稿酬还那么低……

然而接下来妻子的一番话又让我如芒在背，痛快不起来了。

“你大小也是个文人，在公园里和狗一起陪着陈老板解闷，若碰上你的那些作家朋友，岂不尴尬！要不……”

每天少收入100元，对我们这个低等收入家庭来说影响还蛮大的。为了说服妻子，我想了个两全其美的办法。

我用陈老板给我的第一个月工资到宠物市场买了只小狗，当然与陈老板那只绝不可相提并论。

每天傍晚，人们总会在公园里见到体态各异的两位遛狗人：一位高高瘦瘦戴着眼镜，一位体态臃肿肥头大耳。

公园的人都说，我们俩是宠物最真诚的主人，爱心可嘉。我心里喜滋滋的。

然而陈老板的一句话又把我重重打回了“十八层地狱”。

他对身后的秘书说：“作家也真不容易，从明天起，他陪我的待遇每天提到150，跟霸霸（宠物狗名）伙食费一样高！”

（原载《小小说大世界》2013年第6期）

作家的疗法

众人忙把大宝抬出猪圈，当然没落下那张神秘的纸片。把大宝安顿到屋里，众人的头鸡啄米般凑到一块，只见纸片上写着几行工整的文字——

小庙村养猪大户赵大宝病了。生猪市场不景气，他的养猪场三个月就赔进去十多万。

赵大宝这病还真不轻：不吃，不喝，不睡，一连三天，光瞪着大眼直挺挺躺着。

儿子小宝不敢怠慢，忙租车拉着大宝到了县人民医院。一番紧张检查后，院里坐诊老专家给了结论：没啥毛病，拿点安神药回家吧。

服了药的大宝虽说能用上点稀汤薄饭，可依然躺在床上没有丝毫睡意。

赵大宝已经五天没合眼了，小宝这下可真着了慌：西医不顶事，咱看中医！

又是一番颠簸，小宝领大宝到了市中医院。一阵望闻问切后，须发皆白的老中医就开了方子。汤药喝了一副又一副，大宝依然没有睡意。

以后的日子，什么针灸、刮痧，甚至巫婆神汉问神问鬼的法子都用上了，还是不顶用。

日益消瘦的大宝瞪着一双大眼躺在床上艰难地熬着；孝顺的小宝犹如热锅上的蚂蚁在他爹床前团团转，可又毫无办法。

当时，市作协号召作家走出去，到基层体验百姓生活，创作出能反映真实民生的文学作品。就这样，一位作家住进了小庙村。

住进小庙村的作家，在采风之余听说了大宝的怪病，也了解到当前惨淡的生猪行情。作家想了一宿，天明，在一张纸上涂鸦了好一阵子，便朝大宝家走去。

来到大宝家，作家对小宝说，有一方法可以治愈你爹的病。小宝大喜过望，慌忙讨要方子。

作家递给小宝一信封，并交代道：到晚间，把大宝架到猪圈里，再把这封信交给他，让他用心去读，——注意，这一夜任何人不要打搅他。

小宝半信半疑，但还是死马当成活马医，天一黑，就和家人把大宝连同床抬进了猪圈。

猪圈原先安装了一个电灯，今天大宝住进去，又架上一个。

明亮的灯光下，大宝颤巍巍打开了信封，拿出一张纸，吱吱呜呜读了起来。

人们想近前听听大宝到底读了些什么，可惜圈里猪们“呼呼”的酣睡声，加之大宝多日卧床口齿不清，实在听不出什么。

大约半个小时后，大宝手一滑，那纸落到猪圈里，眼睛似乎闭上了。众人看到这里，又惊又喜，却又不敢上前，生怕惊醒了好不容易睡下的大宝。就这样，家人在猪圈外静静地守了一夜。

旭日东升，连最贪睡的猪也睁开了眼，可大宝还在床上呼呼地睡着。众人忙把大宝抬出猪圈，当然没落下那张神秘的纸片。把大宝安顿到屋里，众人的头鸡啄米般凑到一块，只见纸片上写着几行工整的文字——

呼呼——呼呼——
我们是一群无忧无虑的肥猪。
我们清楚知道——
从出生到屠户的案板，

不过一百八十天。

加了激素的泔水、稻壳、秸秆面，

便是我们的一日三餐。

我们几乎天天枕着屠户的刀尖，

可我们从没有带血的梦魇；

日日嚼着酸臭的三餐，

可我们吃得比蜜甜。

呼呼——呼呼——

我们是一群无忧无虑的肥猪。

（原载《济宁日报》2009年5月）

村主任与猪的故事

选拔期间，李四不时地热情鼓舞着他的这些种猪们：男子汉们，你们要好好比赛，谁若赢了，谁就是咱“村主任”！

张三老婆第二胎生的仍是个女娃。

村主任说，张三，过些日子你老婆得上镇卫生院做结扎手术；否则，罚你狗日的三万块！

天刚擦黑，张三就牵着头半大母猪推开了村主任家的门。村主任最喜欢母猪，他家后院还有不少这样的母猪。

村主任将张三牵来的半大母猪放到了后院，这才回到前院跟张三说话：张三，听咱村妇联主任说你那熊老婆有妇科病，不适合做手术；明儿我到镇上跟计生办主任说说，这手术就别再做了……

张三千恩万谢出了村主任家，可心里不甚踏实：这么大的事儿，一头小母猪就能顶用?

养猪大户李四要扩大养殖规模,可村主任就是不给他批地。这天,李四又找到村主任,村主任就把他领到了后院。

我也想办个养猪场,专门出售肚子怀崽的母猪,你看行不行。乡亲们没少帮我,这头是大憨家(送的),那头二狗家,那头白的铁蛋家,这头最小的是张三家……你说急人不急人,找了几次种猪,张三家就是怀不上!

在农村,说某某家,是某某媳妇的意思,可在村主任嘴里竟成了他那群母猪的名字,好在张三没听见村主任这话,要是听了非误会不可。

村主任又说,李四,我还真有件事麻烦你,你猪场里种猪不少,若能找到一头能让"张三家"怀上的种猪,至于批地的事儿,好商量!

只要能给我批地,送你两头种猪都成!想到这里,李四满口答应道:这事儿好办,我猪场光有种猪二三十头,就不信没个能让"张三家"怀上的!不光能让"张三家"怀上,种猪也送给您了!村长的这种叫法,李四适应得挺快。

打了包票的李四回家后心里还是有些不踏实,毕竟给母猪"配种"那事儿,不是自己说了能算的。老婆给李四献计:为保险,还是从咱那群种猪里精心挑选一头吧,村主任批的那地对咱这猪场太重要了!

第二天一大早,李四就蹲在种猪圈里寻摸上了——这头过于肥胖,那头腿儿有点短,那头白花后腚太平,那头长毛样子太傻……

直到老婆来猪场给李四送早饭的时候,他硬没相中一头像样的种猪。

还没选出来村主任(要的种猪)?也真是奇了,李四老婆称呼猪的思路跟村主任的思路一模一样。

没有。奶奶的，选个“村主任”竟这么难!

要不，咱也来个海选；谁获胜，咱就让它当“村主任”。

老婆一番话，让李四拨云雾而见青天。

对！模样得耐看、跑得要快、能讨母猪喜爱……李四一连说出十几项选拔标准。

紧张的选拔开始了。李四负责测评，老婆负责记录，那个认真劲儿丝毫不亚于世界顶级赛事。

选拔期间，李四不时地热情鼓舞着他的这些种猪们：男子汉们，你们要好好比赛，谁若赢了，谁就是咱“村主任”！

经过三天极其紧张的选拔，成绩终于出来了：大黑、二白、三花并列第一。这可愁坏了李四。

老婆又来支着：把选拔结果告知村主任，征求一下他的意见。

村主任一听就乐了：让俺家“张三家”过去，看谁能让它怀上!

四头猪放到同一猪圈里，公猪们却一声不响，按兵不动；母猪也显得无比矜持。任凭李四在旁边怎样牵线拉桥，双方就是井水不犯河水。

看看这头，看看那头，李四那个着急，他强装笑脸对种猪们说：村主任说了，谁能让“张三家”怀上，谁就是“村主任”！

你说巧不巧，张三恰好从李四猪场墙外走过，这话被他听了个一清二楚。他终于明白了先前自己老婆很容易就不用结扎原因，不由大骂出口——村主任你真不是东西，为了当村主任，你还想打俺老婆的主意!

第二天，张三老婆在卫生院做了结扎手术。这让村主任到下台那天都没揣摩出其中的原因。

（原载《短篇小说》2013 年第 1 期）

一只猫的职称问题

年底，花花被评为特高级职称，猫国里却少了一位让鼠辈们闻风丧胆的英雄。

不知从什么时候起，猫王国里也大兴职称评定：有初级猫、高级猫、特级猫、特高级猫；评定标准要看人类对它的宠爱度，——这可是唯一的硬件。具体凭证嘛，就是看看它那里有多少人类奖励的高档物品，——听说法国香水在晋升职称时加的分数最多。

城里的宠物猫们大都顺利评上了高级、特级，听说还有几只明星家的猫被评上了特高级。在猫王国里，具有较高职称的猫可谓是得风得水，不仅有较高的薪水，特级猫还享受到猫王国的政府津贴，特高级猫还有凌驾于法律之上的责任豁免权。

花花是一只生活在鼠辈猖獗的农村猫，它的锋利的牙齿、尖利的爪子、灵敏的嗅觉、雷电似的腾挪速度，让周边老鼠们闻风丧胆，不寒而栗。它走上捕鼠岗位也有十多年了，每年都以“捕鼠过万”的佳绩大噪于猫国，可得到的奖品却少得可怜。

花花的第一个奖品是村主任编织的花环，那是因为它在仓库里捉住了一只重 3 斤多的硕鼠。花花还得到过镇长的奖励呢，那年发大水，湖区的老鼠大肆向北逃窜，花花守住了一关要隘口，一天就咬死了上千老鼠。后来，在庆功大会上，镇长亲自把一条红布带披在了花花的身上。

可花环也好，红腰带也好，在“职评委”那里一钱不值，花花的职称问题始终没有得到解决。

初级职称的花花只能享有微薄的待遇，只能吃粗茶淡饭，只能在乡间默默地活着。它对此也曾苦闷过，彷徨过，可一遇到肆虐的老鼠，一切不如意都抛到九霄云外去了。

那是一个月黑风高的夜晚，——据小道消息，号称“天下第一鼠”的黑头要经过花花所在区域。花花准备利落后，埋伏在村口的黑头必经之地。突然，一个硕大的黑影映入花花的眼帘，且越来越近。说时迟，那时快，花花猛地朝黑影穿了过去，紧紧咬住了黑头的右耳。这差不多大小的一猫一鼠在地上猛烈翻滚着，鲜血洒得到处都是。僵持了足足十多分钟，黑头折断右耳，趁着夜色仓皇逃遁。花花哪肯甘心，在后面急急追赶。

黑夜间，这一猫一鼠也不知跨过了多少稻田，趟过了多少小河，天亮时，眼前是一幢幢高大的楼房，熙攘的人群，穿梭的车辆，可花花还在黑头后面紧追不舍。

眼见得花花和黑头还有一步之遥，近了，近了，花花的爪子几乎能抓住黑头的尾巴了，这时，只见黑头一转身钻进了路旁的垃圾堆里。

满眼里塑料袋、废纸箱让花花一筹莫展，他深知这里是鼠类的家园，能抓住黑头有很大的难度，可它还是在里面不停地寻找着。垃圾堆排查了也有一大半了，就是不见黑头的影子。忽然，一个翠色的小琉璃瓶映入花花的眼帘：晶莹剔透的葫芦状，绿油油，蓝汪汪的，——法国香水！天哪，真是法国香水！那可是猫国最高级别的奖品，那可是能让猫过上神仙日子的东西，千万个黑头也比不上啊！

花花把香水含在嘴里，轻轻地，但又牢牢的。

年底，花花被评为特高级职称，猫国里却少了一位让鼠辈们闻风丧胆的英雄。

（原载《兖矿新闻》2010 年 6 月）

第十辑 历史拾遗

盘古开天地，三皇传五帝，夏商周秦汉，唐宋元明清，历史宛若一幅浩大无比的优美画卷，向我们展示出它的起伏跌宕与富丽堂皇。当对此细细观赏、深深品味时，我们收获的是对国运兴衰的认知和人生沉浮的感悟。

好孩子寤生

年迈的武姜抱住儿子寤生，泪流满面，不停地说——寤生，寤生！寤生才是我的好儿子！

要评选春秋战国时期的好孩子，郑武公的大公子庄公寤生准能当选。

当初，武公娶妻武姜。当武姜临盆之时，岂料婴儿“脚先头后”而出，致使武姜受尽折磨，因此给孩子取名“寤生”。武姜每每见到寤生，便想起那生不如死的惊心时刻，也就越发讨厌起寤生来。第二年，武姜再次身孕。当那刻骨铭心的恐怖再次袭来时，不料婴儿瞬息而出。武姜大喜过望，遂给孩子取名为“段”，对此子甚是喜爱。

在以后的成长岁月里，被武姜抱在怀里、牵在手里、喊在嘴里、疼在心上的永远是公子段；而寤生总是远远地站着，不哭，不闹。

每每见此一幕，武公总会一声长叹：寤生，我懂事的好孩子！

武姜多次求武公立公子段为王储，武公全都拒绝了。

寤生即位后（即郑庄公），对武姜、公子段母子百依百顺。

某日庄公寤生临朝，君臣正议事间，武姜来为公子段求京邑作为封地。群臣以沉默表示拒绝，可庄公欣然应诺。群臣不解。庄公笑吟吟解释道：我素以孝道治理天下，违背母亲心意，怎么能叫“孝道”呢？于是，公子段就住在京邑，被称为“京邑太叔”。

不几日，郑大夫祭仲进谏庄公：大夫的都邑城墙超过三百丈，是诸侯国的祸害。先王的制度规定，王侯子弟的封邑不能超过诸侯国都的三分之一，中都不得超过五分之一，小都不能超过九分之一。现在，京邑的城墙不合限度，大王您不可不防。”庄公下座牵着祭仲的手说：我何尝不知？圣母天命难违，即便祸患及身，国将不保，我又有什么办法呢？

不久，太叔段使西边边境上和北边边境上的城邑从属于自己。郑大夫公子吕也进谏庄公：国家将要被分裂，大王您打算怎么来对付呢？如果打算把国家大权交给太叔段，就请让您的臣下去侍奉他；如果不给，那就请除掉他！庄公趋步走到公子吕面前，深施一礼，道：卿果真忠臣！我重仁义孝道，即便亡国灭身，也不忍心对亲弟弟下手……说罢泗泪滂沱。

太叔段修葺城郭，聚集民众，修缮武器，准备军队，将要偷袭郑都城新郑。武姜打算为他开城门做内应。

庄公得到太叔段袭郑具体情报后，忙召集群臣，慷慨陈词道：太叔段亲率数万之众来灭我等。倘仅仅灭我一人，我将伸颈受戮；

可我不忍数万新郑生灵遭此灭顶！今，寡人要大义灭亲了……

郑大夫子封率领战车二百余辆，步卒数万人讨伐京邑。太叔段军队一触即溃，加之京邑民众背叛太叔段，太叔段只好逃到鄢邑。庄公亲自到鄢邑讨伐太叔段。隐公元年五月辛丑，太叔段出走逃向共国。

随后庄公放逐武姜于城颍，并且发誓说：不及黄泉，无相见也。

此事发生后，各国相互传告：郑伯克段于鄢。称庄公为“郑伯”，是讥讽他对弟弟失于教导；又言，赶走太叔段是出于庄公的本意更有分析家分析：一切都在意料之中，庄公寤生真老谋深算哪……

庄公听此传闻后，整日坐卧不宁。

郑大夫颍考叔是至孝之人，深知庄公心病。他向庄公建议道：如果挖掘土地到达黄泉，从隧道中与母亲相见；既能遂见母亲之愿，又不违背当初誓言，谁说不可以呢?

庄公大喜，依颍考叔之言，入隧道与母亲相见。

年迈的武姜抱住儿子寤生，泪流满面，不停地说——

寤生，寤生！寤生才是我的好儿子！

（原载《大众日报》2009 年 4 月）

生死讨价

“你等国家大臣，先前为何不及时揭露这些贰臣贼子的阴谋，却苟且偷生！朕，死不足惜，只可惜了我八世的大秦基业！”

秦二世三年（公元前 207 年）初冬的一个深夜，秦都咸阳望夷宫。

二世胡亥正在倾听御前使者回报他前往丞相府“斥责”赵高“隐瞒贼情，玩忽职守”的过失。

忽然宫外一片骚乱，似乎还有人在高喊："强盗进宫门了！强盗进宫门了！"

君臣二人忙站起来，想到门外看个究竟。哪料一把钢刀竟忽地架在了二世的脖子上，随后，一群手持利刃的吏卒把君臣二人围了个水泄不通。

架钢刀的不是别人，而是二世不久前御点的咸阳令阎乐——丞相赵高的女婿。他的身后还站着主管宫廷警卫的郎中令赵成——赵高的弟弟。

阎乐手持利刃厉声喝道：

"暴君，你凶残之极，举国民众恨不得喝尔血，吃尔肉！今天，你死期到了！"

当二世明白了眼前这一切，不由瘫坐在地上，眼望着阎乐和赵成请求道：

"朕登基以来，唯丞相之命是听，能否让朕见一下丞相。"

"不行！丞相乃万金之体，岂可是这死有余辜的暴君说见就能见的！"一旁赵成大声喝道。

"你们要的无非这皇位，朕愿将这皇位禅让给你们，到邈远之地做个郡守，总可以吧！"二世恳求道。

"当年蒙恬、蒙毅兄弟愿意交出兵权，到边关做个郡守，你答应了吗？"阎乐反问道。

提到蒙家兄弟，二世那个后悔：蒙家世代忠良，满门英烈，若不是被屠杀，而是被重用，这群逆贼何能如此猖狂？唉！……

"不做郡守,做个衣食无忧的'万户'总可以了吧！"二世乞求道。

"当年咸阳刑场前，你的18个兄弟、10个姐妹，只求你念在手足之情，衣食无忧一辈子即可，可你答应了吗？"阎乐又反问道。

二世至今没有忘记那血腥场面：12个兄弟同时被砍头，血柱喷射，触目惊心；6个兄弟和10个姐妹被大车活活碾死，血肉狼藉，惨不忍睹……

“什么都不要了，愿和我的皇后做名黔首（平民百姓）总可以了吧！”二世哀求道。

“你的弟弟公子高，求你放过做名黔首，你又答应了吗？”阎乐冷笑道。

二世也没有忘记他的那个最聪明的小弟弟公子高，在得知不可脱身后，主动请求于骊山陵墓殉葬皇父。

“奉丞相之命，特来取你性命，以告国人，还不快来受死！”阎乐不耐烦地高声喝道。

“什么？丞相令你们杀朕？！”二世惊异地问了一句。

“对，一切都是奉了丞相旨意！”赵成答道。

“逆贼！怪我有眼无珠没能看清你们这群贼人的本来面目！”二世又手指御前使者，“你等国家大臣，先前为何不及时揭露这些贰臣贼子的阴谋，却苟且偷生！朕，死不足惜，只可惜了我八世的大秦基业！”

二世说罢，拔剑自刎而亡。

阎乐带领众吏卒走了好一阵子，那御前使者才从地上爬起来，不由喃喃自语——

“你（二世）让我直言进谏，你也不看看，满朝文武，在朝堂之上说丞相半个‘不’字的，阳间还有吗？你让我去相府斥责丞相‘隐瞒贼情，玩忽职守’的过失，我找死？多亏我脑子转得快，将计就计，不仅保住了性命，还赢得了丞相信任。这运气，还不赖！”

（后记：杀二世后，赵高不敢称帝，立二世兄子子婴为秦王。子婴设计诛杀赵高。后，子婴被项羽所杀。）

（原载《兖矿新闻》2009年6月）

最后的尊严

“江东父老早就知道你一生刚烈绝不会再回江东，特地让我用谎话捍卫你最后的尊严。唉，勇而无谋，刚愎自用，大楚在你手中焉有不败之理！”

汉王五年十月（公元前202年）的一个西风猎猎的日子。

项羽杀出汉军重围，单枪匹马来到乌江岸边。此时，乌江亭长撑着一条小船早已恭候多时。

亭长深施一礼后急促地对项羽说：“江东虽然小，可还有一千多里土地，几十万人口。大王赶快过江，以待东山再起。”

项羽苦笑道：“我会稽郡起兵，带八千子弟渡江，建立大楚基业。今日不幸落魄至此，有何面目见江东父老？”

“大王此言差矣，大王今日失利，究其原因，全在大王一个‘义’字、刘三（刘邦在家排行老三）一个‘赖’字。”

听了亭长此言，项羽揩了揩脸上的血迹，跳下马来。

“大王您对刘三的战争，每一招式，都仁至义尽，可刘三每次都使奸耍赖。”

项羽将那高大的身躯转过来，凝神倾听亭长的述说。

“大王您举义军选择对抗秦军主力——章邯大军，让刘三避重就轻入了咸阳，此为第一义也。

鸿门宴上，大王您对刘三的狼子野心，以仁义感化，也不追究其宴席上不辞而别的过失，此为第二义也。

大王您封他为汉王，他不但不感恩，反而领兵掠地扰民；您俘虏了他的妻儿老小，好生鞠养，最后让他们安然回家，此第三义也。

他刘三屡战屡败，大王您每次都对他心存善念，而不是赶尽杀绝，此为第四义也。

最后一战，他刘三仍不能取胜，大王您以天下苍生为念，与之歃血结盟，以鸿沟为界，中分天下，此为第五义也。”

项羽下意识地整了整自己凌乱的衣冠，抖了抖“气盖世”的双肩，频频点头。

“楚汉战争4年，大王您‘仁义用兵’，可刘三在战场上‘泼皮无赖一个。’

听亭长此言，项羽很不屑地哼了一声。

他刘三受封汉王，封地41县，可背地里蝉食鲸吞，不断掠夺周边土地，此为第一赖也。

他刘三不能取胜大王，偷偷用重金离间您与亚父（范增）的关系，致使亚父忧郁而亡，此第二赖也。

他刘三一家老小被大王所掳，而他说什么“夺天下的人眼里根本没有妻儿父母”，一点不顾念一家老小生死，此第三赖也。

他刘三与大王歃血为盟，永不相犯，可不久就背信弃义联络韩信、彭越诸贼冒犯大王，此第四赖也。

他刘三为谋图一己之利，空以王侯相许韩信、彭越等人，笼络人心，此第五赖也。

“嗯，他本是小沛街头混吃混喝的酒色之徒，永远也改不了那泼皮无赖的本性！焉能与我项家五世公侯相比！”没能亭长讲完，项羽昂首挺胸傲慢地说。

突然，远处似乎传来马蹄声和厮杀声。

“大王快走！汉军马上追过来了。晚了，恐怕被那无赖所辱没！”亭长不由催促道。

项羽眼望江东，再次整了整衣冠，手握青锋宝剑，不由喃喃自语道——

“天不庇佑忠义，我又奈何！天灭亡我项羽，非兵不利，战不善也，苍天——”

说罢，拔剑自刎。

亭长很吃力地把项羽硕大尸体放到船上，轻轻拨动船舷。

“江东父老早就知道你一生刚烈绝不会再回江东，特地让我用谎话捍卫你最后的尊严。唉，勇而无谋，刚愎自用，大楚在你手中焉有不败之理！”说罢，亭长一连串的叹息。

楚汉战争以项羽的失败而告终，公元前202年二月初三，刘邦于山东定陶汜水之阳正式称帝，国号为汉。

（原载《邹鲁作家》2010年6月）

枕边醉话

高祖：我从来没有说过这话。只是我有打呼噜的毛病，每次睡觉前，为了让人把我的脖子、胳膊肘伸平，总会迷迷糊糊说：肘脖——伸平——

汉王五年（公元前202年）二月初三，刘邦于山东定陶汜水之阳正式称帝，国号为汉，并下诏书尊王后吕雉为皇后，立刘盈为皇太子。

登基大典结束后，君臣不免痛饮一场。直到日薄西山之时，群臣才渐渐辞去，酩酊大醉的高祖也踉跄向后宫走来。

御侍太监问高祖所幸何宫，高祖不假思索道：皇后宫。其实，这并非高祖酒后醉言。因为他对皇后有说不出的愧疚——

想当初在沛县，刘邦与吕雉新婚后，时常为公务忙碌，三天两头不回家；织布耕田、烧饭洗衣、孝顺父母及养育儿女全落在吕雉一人身上。而后，刘邦亡命天涯，吕雉除独立支撑家庭外，还不时长途跋涉，为逃亡的丈夫送衣物及食品。秦末大乱，刘邦被立为沛公，后入咸阳，再后来与项羽楚汉鏖战，吕雉成了项羽的俘虏，甚至被押到两军阵前，以烹杀相威胁。四年间，吕雉一直被囚在楚军之中作人质，受尽了折磨和凌辱，挣扎在生死边缘……

说话间，高祖也就到了皇后宫。一番洗刷更衣后，夫妻两个也就早早上了御床。

都快50岁的人了，当然少了燃烧的青年激情，但多了绵绵絮语。

“陛下，您以平民之身，提三尺剑，诛暴秦，灭霸王（项羽），要风得风，要雨来雨，靠的是什么呢？”

皇后多谋略，思考此事，看来由来已久了。

高祖醉醺醺连眼也不睁，含混地说出一个字——“胆！”

皇后再问，高祖睁开睡意蒙眬的双眼又说了一遍：“胆量，靠的是我不怕诛灭九族的胆量！”

皇后忙下床为高祖端来一杯香茶，轻轻说道：“愿闻其详。”

高祖见皇后对自己的“胆儿”感兴趣，一时来了精神，忙坐起身来，接过皇后递过来的茶，饶有兴致说起他的“胆儿经”。

“当年，我不过芝麻大的小官，你父却是县令座上宾。县吏们拜见你父，要交贺礼，宴席按贺礼多少排座；我空言‘贺礼一万钱’，让你父刮目相看，还把你许配给我。这‘胆儿’让我赢得了个才貌出众的老婆！哈哈——”

“那是老父亲慧眼，不是陛下的胆量！”

“当年，我以亭长身份送刑徒去骊山，醉酒致使刑徒逃亡，自身也不得不亡命天涯。后来我回沛县。萧何等人击杀沛县令，众人怕失败后担当‘灭九族’之罪，不敢担任县令之职；我却欣然接受。这‘胆儿’让我赢得了‘沛公’美名！”

“那是陛下胸怀大志，并非一时胆大！”

“鸿门宴上，项羽为刀俎，我为鱼肉，我却单车独骑赴宴，安然无恙。后，项羽封我为汉王。这‘胆儿’让我赢得了‘汉王’尊号！”

“那是陛下的大智大勇，也并非一时胆大。”

“楚汉四年相争，我屡战屡败。我受以韩信、彭越等野心家兵权——他们随时都可能投奔项羽，置以我死地！最后这‘胆儿’让我赢得了江山社稷！”

“那是你知人善任，也并非陛下一时胆大！”

“陛下，天下一统，您下一步又该怎么做！”皇后小心翼翼地问。

“大胆！对于异姓王等不利汉家统治的势力，还应大胆涤除，绝不能手软！”

“用什么方法？”

“打、流（放）、杀、灭（族）……”

高祖说到这里，眼睛微合，又有了睡意。

“那谁最不能杀？”

“周——勃、陈——平——”高祖躺倒，鼾声大起。

12年后，高祖驾崩，魂魄与太上皇刘公皇陵相聚。

刘公：你还记得12年前对吕雉的一席醉话吗？

高祖：不记得了。

刘公：那晚，你教给吕雉的“大胆”，可她很快就会磨刀霍霍“大胆”到咱刘家子孙头了！

高祖愕然：那怎么办？

刘公：多亏你最后说了一句“保住周勃、陈平”的醉话，才化险为夷。

高祖：我从来没有说过这话。只是我有打呼噜的毛病，每次睡觉前，为了让人把我的脖子、胳膊肘伸平，总会迷迷糊糊说：肘脖——伸平——

刘公：天意，天意！

后记：高祖死后，吕后专权长达16年之久，屠杀后宫妃嫔、皇子皇孙无数，后大臣周勃、陈平设计除掉吕氏集团。

（原载《邹城文艺》2010年第2期）

我只是一个母亲

一位优秀母亲，竟然成就了大汉朝“文景之治”和“汉武大帝”近百年的王朝辉煌，奇迹！！

汉景帝二年（公元前155年）4月，太皇太后薄氏病入膏肓，因其长子汉文帝两年前驾崩，皇孙汉景帝便朝夕服侍，不离左右。

有大臣进谏：太皇太后，一生德俭，母仪天下。先时，吕氏专权，随先皇（文帝，时为代王）到代国定居。先皇幼，太皇太后既要关照先皇饮食起居，又要替先皇料理代国政务，可谓殚精竭虑。等到先皇登基，太皇太后治理后宫，毫不懈怠。先皇至孝，每到太皇太后处，太皇太后总要谆谆教导，唯恐失母亲之职。先皇英明治理23年，太皇太后功不可没！今，太皇太后已近“百年”，臣请把悍后吕（吕雉）从高祖陵迁出，好将太皇太后与高祖合葬。

景帝听后，沉默不语，示意进谏大臣退下。

某日，太皇太后神志较为清醒，景帝就把那大臣进谏内容详细告诉给薄太后。

薄太后听罢大呼“荒谬”，忙直起身子正言道——

“以眼前之权，谋沽名钓誉之私，必被后人唾骂。

你们的嫡太皇太后（吕雉），她才是高祖之正妻。贫贱时，帮高祖支撑门庭；显达后，帮高祖出谋划策。为保住高祖来之不易的江山社稷，她不遗余力铲除异姓王、打击同姓王。——我和你的父皇（文帝）正是没有野心，光明正大，嫡太皇太后才允许我们母子入住代国。

她执政期间，的确对有野心的皇姬妃嫔、皇子皇孙有些残忍，但仍不失一代有作为的皇后。她的嫡太皇太后的位置就是在九泉之下的高祖也是认可的！

哀家只是高祖堂前一姬妾，有幸留下皇族血脉；更有幸，大臣们不弃我母子，拥立恒儿（汉文帝刘恒）承递大统。而哀家伴高祖时日极其短暂，更没机会替他分担忧愁，哪能跟嫡太皇太后相比呢？”

景帝听罢，对皇祖母深施一礼，连称“谨记皇祖母教导”。

薄太后又道：

“几十年来，哀家只做了一位母亲该做的事，那就是悉心教育子女。你和你父皇能够勤于政事，善待臣民，这才是我做母亲的最大的成绩。百年之后，一定要把哀家葬在你父皇一旁，让我这做母亲的永久守护着我那好儿子——这也是我多年来的心愿！”

景帝眼含热泪长跪不起。

“还有，”薄太后剧烈地咳后继续说道，“我和你父皇走后，立太子之事不可草率。要切切记住：外亲跋扈、母亲强悍的皇子，不要立为太子，谨防重蹈外戚专权危害社稷的覆辙。”

两日后，薄太后崩去。景帝用皇家最高礼遇安葬了自己的祖母。景帝谨遵祖母遗愿，将她落葬在文帝霸陵之南方，隔河远望高祖刘邦和吕雉的合葬陵。

后记：汉景帝在订立太子时，时时不忘皇祖母遗嘱，最终排除了长皇子刘荣，而选取了刘彻，究其原因是刘荣母栗姬有很强嫉妒心，刘彻母王美人性情温和。这种选择不能不说与薄太后临终对景帝的教诲有关系。

一位优秀母亲，竟然成就了大汉朝“文景之治”和“汉武大帝”近百年的王朝辉煌，奇迹！！

（原载《济宁日报》2010 年 6 月）

金陵驿道

继位后的洪熙皇帝，下诏免去了旱情较为严重的山东兖州、河南开封两地三年的皇粮国税，并调拨大量救灾物资赈济邹县。

由北京通往南京的驿道上，一辆镏金马车在黄衣卫队的簇拥下疾驰而过，阵阵黄土便弥漫于驿道间。

这是永乐二十二年（1425 年）春天，车上坐的是皇太子朱高炽。马车的颠簸，使得太子那肥胖的身体有节奏地抖动着。看着窗外被干旱折磨得卷了叶子的杨柳，皇太子不由陷入了沉思。

“殿下，您已经做了 20 年的太子，虽然挺过了赵王（朱高燧）、汉王（朱高煦）对您的迫害，但并未完全得到万岁的赏识。如今万岁北征大漠，立储又起风云。您在金陵 16 年监国，金陵六部朝臣多倾向于您，何不趁此机会去金陵做一下准备。”大学士杨士奇的话仍在耳边萦绕。

是呀，17岁册封燕世子，27岁册封皇太子，而今自己已是满头华发47岁的人了。父皇北征和筹备建都、迁都，自己在金陵主政监国16年；靖难役中，父皇远征，自己一人主守北京，挡住了李景隆50万精兵……

自己那种近乎懦弱的儒雅文静，能博得嗜好征伐的父皇（朱棣）青睐吗？

“启禀太子殿下，兖州府鲁靖王在长亭迎接。”属下的一声禀报把太子拉回了现实。

嗯，兖州府到了。太子忽然想起了他早逝的十叔荒王朱檀，他的儒雅性格与自己多么相似呀。

荒王朱檀，朱元璋第十子，册封鲁王，封地兖州府。他性情儒雅多文人气，可惜迷从道教，误服金丹而死，年19岁，朱元璋视其行为荒唐，谥封“荒王”。

今日的鲁王是鲁靖王朱肇辉，荒王庶子。

兄弟俩君臣礼毕后，述说着想念之情；谈及早逝的荒王，不免又流了些眼泪。

太子心中有事，不愿久留；但礼仪之大，必不能失，叔父的陵墓还必须要祭奠一下的。

鲁荒王陵位于邹县城东北的九龙山南麓，兄弟二人忙驾车前往。早有人报知邹县县衙，县主簿黄由松早早在陵墓御桥外迎接。

太子本是恬静少言、不易动怒之人，今天祭奠完叔父陵墓后却大发雷霆了。

“你邹县，也是兖州府大县，多蒙皇上洪恩，怎么这样轻薄皇族！至于谁来接见我，本王并不在意，你看看我十叔皇陵：御桥栏杆破损，陵门和二门油漆脱落，享殿和明楼等建筑也年久失修，几近成了危房……”

太子越说越气，恨不得杖责主簿黄由松。黄由松呆呆地跪在地上一动不动。

"王兄息怒，您久在京师，不知俺兖州府的详情。整个兖州府三年大旱，收成只有往年三成，而邹县旱情最为厉害，其东部山区，已饿死上千百姓……"

太子收敛了怒气，把目光移向远处。

驿道上几个死灰着脸的路人僵尸般走着，路边春草疏黄，杨柳零星地挂着几片打了卷的叶子，就连陵园的松柏，有的也几近光杆。

"太子殿下，县衙内就我一人了。我们县令去东部山区抗旱救人，整整三个月了，他的老娘饿死在家里，他竟不知！我们县丞，为了到邻县协调借水事宜，竟被当地乡民打伤在家！……"

太子躬身扶起泣不成声的黄由松。

金陵驿道上的鎏金马车仍不停地跑着，干热的气浪，不停地蒸腾着太子的心。太子的心中何尝没有一场干旱呢？父皇北征归来，谁来继承皇位还不是个定数。

……

永乐二十二年七月，明成祖朱棣驾崩于北征归途中。当月，47岁的皇太子朱高炽在大学士杨士奇、杨荣和尚书蹇义、夏原吉等支持下即位，次年改年号为洪熙。

继位后的洪熙皇帝，下诏免去了旱情较为严重的山东兖州、河南开封两地三年的皇粮国税，并调拨大量救灾物资赈济邹县。

几年后，邹县对荒王陵做了大规模修缮。

（原载《郭里文化撷英》2008 年 12 月）

三　唐

有人传：李甫荫瞎胡闹，顶不上庆塘一大炮。看来，“三唐”没有能够善始善终。

宣统三年（1911 年），在鲁西南微山湖北畔的几个小山村里，曾经发生过改朝换代的大事。

这一年，至元旦之日起，雪雨不止，平地水深数尺，大面积麦田淹没；3 至 4 月，气温奇低，秋禾无法播种；春夏之交，苏皖饥民蜂拥入鲁。一时间，饥民相接，昼丐夜掠，整个鲁西南处于严重动荡之中。

当时，南方革命形势如火如荼，好多省份纷纷独立。山东虽在清廷掌控之下，但因“劫匪甚多，粮饷窘薄”，地方官吏大都畏匪讳言不报，听其纷扰。于是，灾乱日甚，其势愈炽。

微山湖北岸，绵延着数十里的凫山山系，大山之间零星地卧着几个小村庄，这里山高皇帝远，乡民们还基本上过着“乃不知有汉”的桃源生活。

山村之中，离湖较近的是几个叫着岑庄、谷沟、曹阳的村子。这里右有“凤凰岭”，左有“青龙山”，此二山，山高林密，悬崖峭壁，是那些“啸聚山林”者的梦中地。

那还是光绪二十九年（1903 年）早春，由于屡次乡试不第，郁郁寡欢的藤县廪生李甫荫，来岑庄他亲家拳师杨黑胡家散心。

杨黑胡本是乡间武术名师，侠肝义胆，特敬重文墨饱学之士。他见亲家远道来访，自然大喜过望，拉上几位乡间名人驾车到“滨湖酒家”为亲家洗尘。

宾主坐下。酒过三巡，菜过五味后，李甫荫发话了：

“各位仁兄，知道不，大清气数已尽，不出几年，必改朝换代了。”

“敢问仁兄，何朝当能问鼎？”

“我夜观天象，又梦中恭请了张天师，天师明示，新朝为唐。因618年李渊建大唐，923年李克用建后唐，此朝为三唐。”

此言千真万确，每个人心里都这么想，因为李先生不仅饱读诗书，还善于占卜，在藤县一带有“小神仙”之称。

“大清已被洋人瓜分，唯一的能支撑的不过老佛爷。近日，我用六爻八卦相推，她阳寿几尽……到那时，天下大乱，必有贵人出……”

众人都听呆了。

“今见贵地，左青龙（山），右鸾凤（山），前玉带（微山湖），后曹阳，有帝王之气……”

“先生何不在此起事，说不准您就是那‘三唐’之主呢。”其中一人站起来说。

众人点头称好，唯独亲家杨黑胡沉默不言。

“亲家，你大可放心，我听同窗们言，南方已有不少造反组织。咱成功更好，若不成功咱可上山，也可下湖……七尺男儿不在乱世间建立些功业，岂不可惜！”

打消了杨黑胡最后的疑虑，几个人为开朝建国细细地筹划起来。

据《微湖史考》载：光绪二十九年，藤县人李甫荫携家带小，于微湖北谷沟定居。他设馆授徒，接纳四方游勇，创立“三唐教”。教众身着道袍，头裹青巾，脚登黄鞋，生产自给，习武自卫。他的亲家杨黑胡组织上百徒众游走于湖西，杀富济贫，让当地管理闻风丧胆。又听老人讲，起初的三唐教，除霸安良，敢于抗交皇粮国税，很得民心。

宣统三年三月初一，湖西杨黑胡率众回到岑庄、谷沟与李甫荫会合，占村西“凤凰岭”，正式挑起“三唐”旗号。

进山一月，凫山周围村庄里的贪吃懒做之辈、鸡鸣狗盗之流，咸来归属，一时间“三唐王朝”膨胀到近千人。

饱读诗书的先生和行侠仗义的拳师带着这群乌合之众，这不该拧到一块的一股绳，自然不会良性发展。不出半年，山寨里，你争我抢，欺下罔上，已不成体统。

亲家俩眼看山寨要乱，忙生一计。

三唐大殿内，李甫荫和众将相侯公议事。

“众卿家，大唐之患在于玄武。昔建成、元吉有谋篡之心，太宗灭之。今，玄武方（北）小李庄，对吾三唐大为不利，今夜必灭之。”

当夜，李甫荫亲自带领山寨200余人，直扑小李庄。一阵烧杀劫掠后，抢钱粮无数，凯旋。山寨豪奢数日。

乡里将此事急报县里，县令正愁辖区教民闹事，此等小事，自行处理，也就不了了之。

尝到甜头的李甫荫似乎明白了一个道理：什么三唐基业，只不过是强盗的行当，不做强盗不能生存。

“众卿家，唐之患在于东之梁。想那朱温，为唐臣子而灭唐，后李存勖灭之，以稳后唐。今，凫山东朱庄，对吾三唐大为不利，今夜必灭之。”

又是李甫荫亲自下山。所到之处，尽皆掠之，大到驴骡牛马，小到针头线脑，能弄走的一切财物全搬上了山。

盗用历史出“仁义之师”，强吞豪掠，李甫荫用自己的“聪明”一次又一次聚敛着财富。

乡里不问，县里不问，这可苦了凫山一带的百姓。有人径自跑到济宁州，通过各种关系，见到了前来巡防的山东前路统领孔庆塘，详陈此事。

孔庆塘也是藤县人，此返回故里，正想耀武扬威一番，听此事，拉上十余门野炮，随即来到凫山脚下。

听老人讲（当然他们也是听老人讲的），孔庆塘炮轰“三唐＂那天，震天动地了一个上午，好多泥墙都给震倒了。山坡上的尸体像谷个子似的，光掩埋就用了十多天。

李甫荫在炮火中死于非命，看来“小神仙”也未能算出自己的归宿。

不过，孔庆塘收益颇丰，不仅在家乡人面前耀武扬威了一番，还被授任以济宁道尹。

至于当地乡人对“三唐”的评价也是众说纷纭，有人传：要想除霸安良，凫山脚下找“三唐”；也有人传：李甫荫瞎胡闹，顶不上庆塘一大炮。

看来，“三唐”没有能够善始善终。

（原载《郭里文化撷英》2008年12月）

附 录

中学生习作小小说应注意的几个环节

小小说，又名微型小说，是一种比短篇小说更短小的文体样式。20世纪80年代初期，小小说这种文体一经出现，便风靡文坛，日益显示出它的优势和旺盛生命力。它以“简约精致、情节单纯、尺幅波澜”的特点，不仅折服了广大成人读者，而且也备受青少年学生喜爱。在学校里，优秀小小说类的报纸杂志随处可见，一些经典小小说作品也频频登上语文教材这大雅之堂，乐于小小说习作的学生更是如醉如痴，且与日俱增。总之，小小说在校园呈现出了十足火爆态势。笔者作为一名中学语文教师，一名阅读了上千篇优秀小小说作品并创作发表了上百篇小小说的读者与作者，在这里略谈一下中学生在小小说习作时应注意的几个环节。

（一）以塑造人物形象为中心

毋庸置疑，小小说仍属于小说。既然是小说，它就必须以“塑造人物形象为中心”。初习作小小说的中学生，往往把小小说与记叙文等同起来，这是不恰当的。小小说从另一角度（文章的表达方式）上讲是记叙文，但记叙文不全是小小说，只有那些以塑造人物形象为中心，通过一定的故事情节和环境描写（在小小说中，有时环境描写也可省略），来反映社会与个人生活的记叙文，才能上升到“小小说”

这种文学作品的高度。由于小小说的“虚构性”决定了小小说的人物是“杂取种种人，合成一个”的鲜明形象，因而，中学生在初习作小小说时，一定要有选择地科学使用那些来自于生活中的“有嚼头”素材，切不可为了保留“有嚼头”素材，让人物形象支离破碎，模糊不清。

（二）反映出积极健康的小说主题

小说是以“塑造人物形象为中心”，而人物形象的塑造最终要反映作品的核心主题，即作品的中心思想。初习作小小说的中学生也许能构思出较为精彩的情节，可在主题表现上往往显得不足，最突出表现在以下两个方面：1、小说主题不深刻。情节很精彩，人物塑造也很鲜明，只是在人物塑造的背后没有什么深刻的思想意义，给人留下的只是“天下奇闻”般的故事。2、小说主题不积极健康。在塑造人物时，作者的立场有悖于道德常理，如慕羡奢侈，仰慕暴力，礼赞邪恶等。因而，中学生在习作小小说时，应通过人物形象的塑造，反映出纯朴善良、见义勇为、真情挚爱等传统美德以及积极向上活泼健康的文章主题。

（三）精当的选材

小小说在小说这个大家族里表现出的最显著特点就是“小”（一般篇幅在 1500 字左右，中学生一般在 1000 字左右），这一“小”就决定了它必须精当选材。小小说的素材大多来源于当前社会生活，作者一般截取主人公生活的一个片断或一个横断面，当然，这个片断必须能集中反映人物的性格特点。这很像一般记叙文里面的“记某某事”的模式，不过，事件的起因、经过和结果必须能为“塑造人物形象”这一中心服务。小小说的另一个选材模式类似于史书中的“纪传体”，即以一个人物为中心，穿插人物的几件典型事例。在选取事例时，一定要注意详略，把最能体现人物主要性格的事例详写，次要的略写。此外，小小说的“小”特征，也决定了塑造的人物不要过多，情节也不要过于复杂。

（四）简洁的语言

有人戏称小小说，是小说中的“麻雀”，创作小小说是“在螺壳里做道场”，这话说得特贴切。可是，麻雀虽小，五脏俱全；田螺壳再小，也要做出来完整的道场（要表现出小说的人物、情节、环境三要素）来。这就使得小小说的语言必须是简洁的，精致的。中学生习作小小说，必须摒弃“无物之言”，必须涤除花招似的赘语，所有语言必须简洁精要。

初习作小小说的学生在塑造人物形象的时，往往喜欢采用语言描写、动作描写、外貌描写、神态描写、环境描写等表达方式，但是，在使用多种表达方式时，一定要精心选择，精心裁减，绝不可多多益善。语言描写要鲜明，动作描写要准确，外貌描写要有个性，环境描写要精当，那些作用不大可有可无的语言一定要剔除，总之，简洁的语言是构成小小说最基本的材料。

（五）精巧的结构

有人说，小小说是形式的艺术，是结尾的艺术，是结构的艺术，这些都表明了，小小说在结构上有独到的特点。我们知道，新闻总把重要内容放在导语里，让人一目了然；而小小说则善于把“庐山真面目”放在结尾处，只有你读到最后，才恍然大悟，连连惊叹。这种“篇末点题”的技巧很像说相声中最后的“甩包袱”。初习作小小说的中学生在这个方面显得尤为不足，他们不知道在必要处巧妙设置伏笔，不懂得恰当使用含蓄，不会灵活使用各种记叙方法，只是平铺直叙地来架设呆板的结构。

当前，小小说这种新型的文体，已经引起了国内外众多作家、文学评论家的广泛关注，他们有的著文论述，有的亲身实践，创作出了大量精辟的小小说理论和经典小小说作品，希望同学们抽些时间，有选择地看一看。

（原载于《优秀作文选评》07-12）

微型小说的“俗”与“雅”

孔孟之乡写微型小说的少，乐于读微型小说的却很多。在这“很多”之中，我就是一名微型小说的忠实读者。读得多了，偶尔也涂鸦几篇，羞赧出手；出手后，有时也登一登“小雅之堂”，让人们称一称微型小说作者。

写的多，发表的也不少，就引来周围不少人评议：写微型小说的太“俗”，无非是挖空心思虚构一撩拨人心的故事，再设置一出人意料结局，逗人些许乐子，充其量是愉悦人们生活的“艺人”，而不能称为“文人”；作品是“愉悦品”，而不可能称为传世后人的“文化精品”……

对此，我不好反驳。的确，微型小说有这样的特点；但我又不能不说，微型小说依然是小说，是一种根植于“雅土壤”里的文学作品体裁，是以刻画人物形象、反映社会现实作为自己核心内容的文学样式。

微型小说离不开“俗”。正是作品中所谓“俗”的“临门一脚”，踢出了作者的智慧，踢出了微型小说的魅力。

但是，微型小说亦是“高雅”的艺术，是可以登上“大雅之堂”的。《俗世奇人》（冯骥才著）、《陈州笔记》（孙方友著）必能如《聊斋志异》一样传于后世；《丰碑》中的“军需处长”、《鞋》中的大个子军人……那一个个钢铁铸就的人物，能不撼人心魄，令人荡气回肠？此类作品能简单地称之为“愉悦品”？

因而，我在微型小说创作时除了追求耐人寻味的“俗”之外，更追求它固有的“雅”。

微型小说固有的“雅”主要表现是，一在主题思想，二在语言表达，三在写法技巧。

1、微型小说要有一个雅主题。一切文学皆人学，都是反映人们现实生活的，微型小说也是如此。我创作微型小说的灵感几乎全来源于社会现实。生活中的所见所闻，特别是电视节目中的诸如《新闻联播》、《民生快报》等栏目都给过我很好的灵感。《冬眠》、《华尔河风波》是观看“经济危机”报道后所作；《一块钱》、《依靠》是观看“汶川大地震”报道后所作；《2010，先给狗盖幢楼》是观看“民生住房”报道后所作……

2、微型小说要有雅语言。中华民族的文化源远流长，其语言更是丰富多彩，美轮美奂，微型小说作者应多多从其中汲取美的语言，然后应用到微型小说中。作为一名微型小说作者，我每天阅读最多的书籍不是所谓的“微型小说经典”，而是《唐诗宋词》、《古文观止》、《现当代文学精选》等，从而学习先辈们规范、典雅的语言。

3、微型小说要有雅的写法。微型小说创作手法绝不可万人一面，千篇一律，我们不妨多多读一些古今中外的名家经典，使我们的创作手法更加“空灵”一些。深深体会“传记法”、“编年体”、“托物言志”、“语录体”、“日记实录”、“对照凸现”、“欲扬先抑”……定能使我们的创作手法妙起来，雅起来。

有人说，微型小说是平民的通俗艺术；我则认为它不仅仅是平民的通俗艺术，更是增长平民智慧、开阔平民视野、提升平民素质的“高雅”文化。

（原载于《济宁日报》2015-10）

后 记

面对为同学们写过的上千篇下水作文，我不由陷入了沉思，那是多少个与一届届同学们相伴的美好日子呀！睹物思人，让我一下子想起了九五级盛兆伟、九八级刘娜、九九级韩旭、零二级的崔媛、零四级郝敬举、零五级孔祥伟、零六级的胡慧颖、零九级仲召扬……而今，一二级的初一新生又像他们的师哥师姐们一样在作文课上听我诵读下水作文了。铁打的学校，流水的学生，我们这些当教师的情何以堪！

什么样的下水文才能入住这神圣殿堂《美丽的谎言》呢？我遴选的标准是：一，必须是正规报刊公开发表的；二，文章主题必须积极向上，在思想上能给青少年学生美的启迪；三，文章写法必须灵活多样，在写作技巧上能给青少年学生做很好的示范；四，文章必须富含生活哲理，能开启青少年学生人生智慧。

在如此高的标准下选出的文章是否就是“精品”呢？当然不是！我，毕竟是一名穷乡僻壤的中学教师，毕竟是一名无缘缪斯殿堂的三流作者，毕竟是一名孤陋寡闻的井底之蛙。说自己的作品“尽善尽美”，那岂不又成了另一个“谎言”！

也许这稚嫩的小册子有缘让文坛泰斗级前辈、教坛大师级先生瞅见，那当然会造成贻笑大方的尴尬。万望文学前辈和教坛先生们能以同情心鼓励、宽慰心斧正、慈爱心鞭策……因为，这《美丽谎言》毕竟是我们两千三百孩子曾经共同拥有的心灵家园。

愿这《美丽的谎言》能温暖更多孩子们的心灵！

二〇一六年四月